Es passierte an einem heiteren Tag...
... dem letzten Tag der Frühlingsferien.
Heimlicher Privatunterricht
...
Stehst du auf so was?

Zeichnungen: Akira Hirahara
Story: Naoto Asahara
Aus dem Japanischen von Carina Dallmeier

# Kapitel 1

# Inhalt

Äh...
Nun ...
?!
Ne...
Nein!
Der ist für meine kleine Schwester!
Ach so.
Der Nächste bitte.
Also dann, bis morgen.
SHIER ¥ →
...
Ich pack es ein.
Nicht nötig.

* weiblicher Fan von Boys Love (BL), dem Genre für homoromantische und -erotische Geschichten zwischen Männern

Klar, kein Ding.
Darf ich mal reinschauen?
Hm?
Klar.
Interessierst du dich dafür?
Heimlicher Privatunterricht
Jungfrau sein!
Nicht wirklich.
FLAPP
FLAPP
Will nur wissen, was ich mir darunter vorstellen soll.
Pfoten weg von meinem Kätzchen!
Herr Leh-...
AH...
Du bist schon ganz feucht.
GLIBBER
ZUCK
Wie schön du aussiehst ...
AAH♥
Nicht hin-sehen!
ZUCK
ZUCK
AAH!
KLATSCH
KLATSCH
KLATSCH
KLATSCH
♥ Herr Lehrer, ich kommeee! ♥
ZUCK
POCH
ZUCK

Das ist alles andere als realistisch...
Im Ernst! Kein Wort zu niemandem!
PATSCH
Jaja, hab's kapiert.
WURSCHTEL
Sag, warum gefällt dir dieses Homo-Zeug?
Mal überlegen...
Weil es...
... so...
... exotisch ist?
Was meinst du damit?
Na ja, vielleicht...
... weil es...

... solche Menschen in meinem Umfeld nicht gibt.
Sae Miura: Sie geht mit mir in die 11c...
... ist im Kunstklub und kann ziemlich gut malen.
Und sie steht auf Homos.
Nun ...
Aber...
Da ist was dran.
Dann bis morgen.
... sie weiß nicht, dass ich, Jun Ando...
... ein Homo bin.
Äh...
Ah, ja...
Shinjuku San-chome
Diagonalqueren

Für homosexuelle Menschen wie mich ist Shinjuku Ni-chome ein heiliger Ort.
Da ich aber immer nur tagsüber hierherkomme...
... kenne ich die Nächte, in denen es hier von Schwulen wimmelt, nicht.
s Gleitgel!
Ich komme!
Für ein unbeschreibliches Lustgefühl!
Ich komme!
Jetzt neu!
Neu!
Aber hier ist man frei.
Nur hereinspaziert!
KLINGE LING
,39
Ach, du bist es, Jun!
,39
Hier, dein Kaffee.

Oh, Kate!
Danke.
Hast du geträumt?
Ent-schuldige...
Ich liebe dieses Lied einfach!
Ach ja, »Good Old-Fashioned Lover Boy«!
Kate ist die Inhaberin dieses Cafés.
Sie war es, die mir Queen empfohlen hat.
Ein guter Song. Ich mag ihn auch sehr gerne!
KLINGELING
!
WUSCH

Makoto!
Jun, wartest du schon lange?
Nein, bin gerade erst gekommen.
Na dann.
PFF!
Was hast du?
Entschuldige!
Aber Jun hat so niedlich reagiert, als du zur Tür rein bist.
Hat sich gefreut wie ein Welpe!
Makoto!
Ach?

Aber sein Halsband hast du nicht gesehen?
Ich dachte, ich hätte ihm eins angelegt.
Vielleicht hat er's abgenommen?
Wie immer?
Meinst du?
Dann muss ich es ihm wohl erneut anlegen.
SSST
Willst du denn...
... dass ich dir...
... wirklich eins anlege?
ZUCK
GRAPSCH
!
SSST
RUBB
RUBB
Hh...

Kommt nachts wieder, wenn ihr rumfummeln wollt.
Nachts ist das doch eine Lesbenbar.
Heißt ja nicht, dass Schwule draußen bleiben müssen.
Dann erst recht nicht.
Nicht dass mir den noch einer wegschnappt.
GNN
!
ZUCK
Sagt ausgerechnet der...
... der alles tut, um mit seinem jungen Hüpfer anzugeben.
Wahre Schätze will man ganz für sich behalten.
Ma... Makoto...
Dir sind Männer egal, daher bist du eine Ausnahme.

Ach...
... Jun würde ich schon nehmen, genau wie meine Mädels.
Ist das so?
...
Reinge-fallen!
HOTEL PASA
502
FLOPP
Haaah!

Erschöpft?
Ja...
Vorhin bin ich jemandem aus der Schule über den Weg gelaufen...
Ich hatte total Angst, dass mich jemand sieht, wie wir ins Hotel gehen...
Ein Junge? Oder ein Mädchen?
Ein Mädchen.
Hab sie bemerkt, als sie einen Boys-Love-Manga kaufen wollte.
Hui, eine wirklich heikle Situation.
Sie hat mich angefleht, es niemandem zu erzählen.
Oh, ein Mädchen wie sie hätte bestimmt Verständnis für dich.
Als ob!
Warum so negativ?
Das könnte doch die Chance sein, ihr schnell näherzukommen.
...

WUPA
グイッ
Brauchst nicht neidisch zu sein.
Kein Vorspiel?
Hh ...!
Du hast dich doch vorbereitet, oder etwa nicht?
Und wie ich das habe...
Wo ist dann das Problem?

Sag es...
... Jun...
Daddy!
Beim Sex nenne ich ihn »Daddy«.
So steht es im Vertrag, den wir über ein Dating-Portal abgeschlossen haben.
Das ist sein Fetisch, den er mit mir befriedigt.
Um seinen Ruf zu wahren, hält er an seiner Familie fest.
Aber er will natürlich auch sexuell befriedigt werden.
Fühlt es sich gut an?
Ja, Daddy...
Und dafür benutzt er mich.

Für mich ist das in Ordnung.
Bin wieder da!
PIPI PIPI PIPI PIPI
Pilaw
Wird später bei mir. Wärm dir das in der Mikro auf. Mama
Wie Sae wohl darüber denken würde?
Du würdest einer Frau für deinen Ruf eine Lüge vorleben? Das ist doch krank!
Ihr Homos seid so krank!
Vielleicht entwickelt sie sogar einen Hass auf ihre geliebten Homos.
Dabei geht es mir gar nicht um Ansehen.
Ehe
Baby
Haus
Familie
Auch ich... wünsche mir all das.
Nur...
... will mein Penis einfach nicht mitspielen...
Das ist alles.

16曲・62分
I Was Born To L
We Will Rock You
We Are The Cha
KLICK
Don't Stop Me N
Too Much Love
Let Me Live (Re
KLICK
KLICK
PLING
!
Eine Nachricht von Mr. Fahren-heit!
Mr.
Yo!
ここに入力
Was gibt's?
Nichts. Wollt nur ein bisschen quatschen.
Wie geht's dir? Die Untersuchungen stehen an, oder?
Alles wie immer. Die Werte sind unverändert, die Krankheit ist auch nicht ausgebrochen.
Zum Glück.
Ich habe ihn in der Nacht kennengelernt, nachdem ich das erste Mal mit Ma-koto geschlafen habe.
schwul sex HIV
Suche
Ich war beunruhigt und habe etwas re-cherchiert ...
auf einem Date
uchungstermin
Profil
Mr. Fahrenheit
20 Jahre, homo
Schwuler Partne
Im Kampf gegen H
+ Folgen
... bis ich auf seinen Blog gestoßen bin.

Mr.
Und bei dir so? Gab's was Aufregendes?
Was Aufregendes ...?
Bitte ...
... erzähl keinem davon!
Bevor ich ihn getroffen hab, hab ich meine Mitschülerin gesehen, wie sie einen BL-Manga gekauft hat.
Autsch, das ist übel. Hast du dich entschuldigt?
Warum sollte ich?
Man entschuldigt sich, wenn man im Unrecht ist. Weiß doch jedes Kind.
Für sie ist es immerhin, als hättest du sie dabei erwischt, wie sie sich selbst befriedigt.
Du übertreibst.
Als ob Fujoshi-Sein so eine Riesennummer wäre.
Wenn du meinst? Dann kann ich doch auch jedem erzählen, dass du schwul bist.
Du kannst doch nicht ein Hobby mit der sexuellen Orientierung vergleichen.
Mr. Fahrenheits Nachrichten sind manchmal ziemlich abstrakt und schwer verständlich.
Es ist dasselbe.
Liebesgeschichten zwischen Gleichgeschlechtlichen zu mögen ist keine große Nummer.
?
?
Homosexualität ist eine völlig natürliche Sache und nicht der Rede wert.
Vorurteile und Ängste entstehen doch nur durch all die Labels, die die Gesellschaft benutzt.
Menschen machen sich die Welt so einfach wie möglich, um sie zu verstehen.
ZUCK
Und dann tun sie so, als hätten sie alles kapiert.
Aber das Wesentliche geht völlig an ihnen vorbei.

* Japanisch Wörterbuch ** Wörterbuch

2019
April
KWIEH
Damit war unsere Unterhaltung beendet.
Morgen geht die Schule wieder los...
... und die Zeit der fröhlichen Fassade.
Ich geh nicht gern in die Schule.
Dort ist es voller Menschen, die die Reibung gleich null setzen...
Reibung gleich null...
Hmm...
Ich bitte dich!
Bitte erzähl keinem aus der Klasse was davon!
Wieso muss ich denn jetzt an sie denken?

Morgen!
Morgen!
Mor...
WUUUPP
ASCH
...geeen!
GRAAABSCH
Hab ich dich vermisst!
Hh!
GRABBEL
GRABBEL
ZUCK
ZUCK
Ryo-hei...
Hehe-he!
Bist du nicht lang-sam zu alt für den Scheiß?

Ryohei Takaoka und ich sind Freunde seit frühster Kindheit.
Wir waren fünf, als wir uns kennengelernt haben. Seitdem nennt er mich »Junkun«.
Laut ihm ist der Name cool, weil er einen ähnlichen Klang wie Johnson hat.
Was denn?
Wirst du etwa geil davon?
Du kannst meinen auch kneten, wenn du willst!
Sonst noch Wünsche?
Aber sag mal, hast du das von Yusuke gehört?
Was genau?
In den Ferien...
... hat er es mit seiner Freundin getrieben!
Er hat's mir vorhin erzählt. Krasser Scheiß, findest du nicht?
Was soll ich darauf antworten?
Hm...
Am ehesten ...

Im Ernst?!
Ja, wirk-lich!
De-tails?
Unbe-dingt!
Also, sie war wohl noch Jungfrau.
Und die hat voll geblutet!
Is' ja okay...
... aber viel wichtiger ist ja, ob sie feucht war!
Und sie war wohl feucht.
Eher pitschnass!
Ist das nicht krass?!
Ja.
Ach ja, und dass Frauen da unten komisch riechen...
Ach.
... ist wohl totaler Bullshit.
Ich will kein Wort mehr hören.
'tschul-dige...
... geh kurz aufs Klo.
Zum Wichsen, was?
Hahaha.

Schei-
ße...
HAAH
Aber damit muss ich klar-kommen.
Wenn ich will, dass sie auf die Gefühle eines Homosexuellen Rücksicht nehmen...
... muss ich ihnen erst einmal sagen, dass ich schwul bin.
Und derjenige, der sich dagegen entschieden hat...
... bin ich selbst.
PSSSCHHH
Also kann ich auch keine Ansprüche stellen.
Hast du einen Moment?
DATT
Ja?

Sag mal, hast du heute...
... nach der Schule schon was vor?
...
NcDonald's
Sorry, aber...
... ich muss unbedingt mit dir reden!
Über deinen Schwulen-Fetisch?
...

Ich weiß jetzt, dass du eine Fujoshi bist. Na und?
Nichts »na und«! Mich macht das...
... echt fertig!
coffee
Wa-rum?
In der Mittel-schule ...
... hab ich deswegen all meine Freundinnen verloren.
Erst konnte mich der Kopf unserer Mädchencli-que nicht mehr ausstehen.
Gut, wir waren nie wirklich befreundet, aber...
Du stehst auf BOYS LOVE?
Ist das krank!
Homos?
Wie abar-tig.
... da fing es eben an.
Sorry!
Haben schon was vor!
Danach wollte nie-mand mehr was von mir wissen.
Alle haben mich links liegen-lassen.
Und ich dachte echt, alle Mädels würden irgendwie auf Schwule stehen.
coffee
Von wegen! Es gibt genug Mädchen, die mich nur deswegen verachten!
Das ist ernster als gedacht.
Aha.
Und nervig.
Hey...
Was hast du eigentlich in Shinjuku gemacht?

Ich war mit einem Freund aus der Schule verabredet.
Und du?
Ich hab Zeichenzeug besorgt, für den Kunstklub.
Am selben Tag ist zufällig das neue Werk einer meiner Lieblingsmangaka rausgekommen.
Ah.
Und das war dieser Manga?
Hör mal...
STIER
... Dinge, die jemand liebt, vor dessen Augen schlecht zu machen, geht einfach mal gar nicht klar!
Du hast es unrealistisch genannt!
Ich mach sie doch gar nicht schlecht.
Schon, es sind doch auch reine Fantasien.
Aber Nachfrage besteht, also alles gut.
Aber echte Schwule...
... sind doch eklig.
**Hey!** Das ist nicht okay!
Wem gegenüber?

Na...
... echten Schwulen.
Was verstehst du denn von Homosexualität?
Hätte nie gedacht, dass sie mir widerspricht.
Na ja, ich hab ein bisschen recherchiert.
Was denn zum Beispiel?
Also ich weiß, dass Homos nicht unter Identitätsstörung leiden.
Stimmt.
Dass Kerle, die einen Körper wie ein Bär haben, gar nicht so beliebt sind.
Manche mögen junge, manche reife, manche alte und manche alle Männer.
Die Geschmäcker sind verschieden!
Jeder hat seine eigenen Vorlieben.
Aber davon werde ich ihr definitiv nicht erzählen.
Schön, du stehst einfach auf Homos.
Sind wir dann fertig?
Nein!
WAMM
Ich hab noch nicht mal angefangen!

Jun!
Kennst du das?
Ja.
Wieso?
Diesen Samstag findet in Ikebukuro ein Event dazu statt!
Aha?
Und dort wird limitiertes Merch verkauft!
Aha?
Jeder darf nur ein einziges Teil kaufen.
Ach.
Mo...
Ich bitte dich.
SCHWUPP
coffee

* Bezeichnung für den passiven Sexualpartner (»bottom«) in Boys-Love-Geschichten, oft einhergehend mit heteronormativen Stereotypen

Nachdem sie so ehrlich zu mir war...
... konnte ich ihre Bitte nicht abschlagen und bin mitgegangen.
Woher kennst du eine Studentin?
Aus dem Internet.
Aha?
Cool, dass du deine Internetbekanntschaft auch im real life triffst.
Machen doch viele.
Du hast doch sicher schon einmal eine ältere Frau und eine Schülerin zusammen in einem Restaurant gesehen, oder?
Also zwei, die optisch so gar nicht zusammenpassen...
und miteinander sprechen.
So sehen Offline-Treffen zwischen Fujoshi aus.
Ihr seid ja richtig aktiv.
Stille Wasser sind bekanntlich sehr tief!
Ah!
Wir sind da!
Gib dir das, Nao!
Wow!
...

Wollen die etwa alle zu diesem Event?
Klar!
Wie lange wird das jetzt dauern?
So circa zwei Stunden?
Wär ich doch bloß nicht mitgekommen!
Mein Beileid ...
Waah!♥
Ich sterbe. Ist der süß!

Zwei Stunden meines Lebens dahin!
...
Hey.
Ich weiß genau, was du denkst... Dass Fujoshi alle 'nen Knall haben.
Das bildest du dir ein.
Tu ich nicht!
水族館
AQUARIUM
Doch, tust du.
Ihr Fujoshi seid doch nicht alle gleich.
Wenn ich so was denken würde...
... dann eher, dass du 'nen Knall hast.
Ist das nicht schlimmer?
Okay, da ist was dran...
Egal, wenigstens scherst du uns nicht alle über einen Kamm.
Das machen schon genug Leute.
Ist ja auch einfacher...

Das hat...
... mein Freund auch gesagt.
Ich leih mir deine Worte, Mr. Fahrenheit.
Dass sich Menschen die Welt so einfach wie möglich machen, um sie zu verstehen.
Was meinst du damit?
In Physik ...
... zum Beispiel. Bei den Aufgaben setzen wir die Reibung gleich null oder ignorieren den Luftwiderstand.
So machen wir es uns leichter, die Welt auf Biegen und Brechen zu verstehen...
... und tun dann so, als hätten wir alles kapiert.
Aber niemand versteht es wirklich.
Deswegen denke ich nicht weiter darüber nach.
Das hatte ich zumindest vor.
Aber ich will auch nicht so tun, als hätte ich es verstanden...
... und dich nicht in irgendeine Schublade stecken, nur weil du eine Fujoshi bist.
...

Ich will es mir nicht einfach machen.
Ich will die Reibung nicht mit null gleichset-zen...
... und auch den Luftwiderstand kann und will ich nicht igno-rieren.

Sae! Jun! Wo bleibt ihr?
!
Wir kommen!
Los, gehen wir...
... Jun!
Wollen wir nachher zusammen ins Sunshine Aquarium?
Auf ein Doppeldate!
Zwischen uns läuft nichts!
Aber so süß wie ihr seid...
... könnten dabei vielleicht die ersten Fünkchen fliegen?!

Wie süß!
Ihre Bäuche sind so wobbelig!
Sae, wusstest du...
... dass es schwule Pinguine gibt?
Echt?
HAHAHA!
Erwischt!
*Die ersten ...*
*... Funken...*
*Wenn das so einfach wäre, würde ich mich nicht so quälen.*
COFFEE
POOZ
Super Blend
Hier!
Gönn dir.
Vielen Dank.

Du bist sicher genauso fertig wie ich.
So ein Event hat es in sich.
Und wie...
*Er scheint ...*
*... ein netter Kerl zu sein.*
*Aber nicht ansatzweise mein Typ...*
GLUCK
Bist du mit Nao oft auf solchen Events?
KNIPS
KNIPS
KNIPS
Ja, schon.
Sie schleift mich ständig mit.
Kannst du die Zeit nicht genießen?
Unmöglich!
Wie denn auch?

Dieses ganze Schwulen-zeug ist doch voll widerlich.
War ja klar...

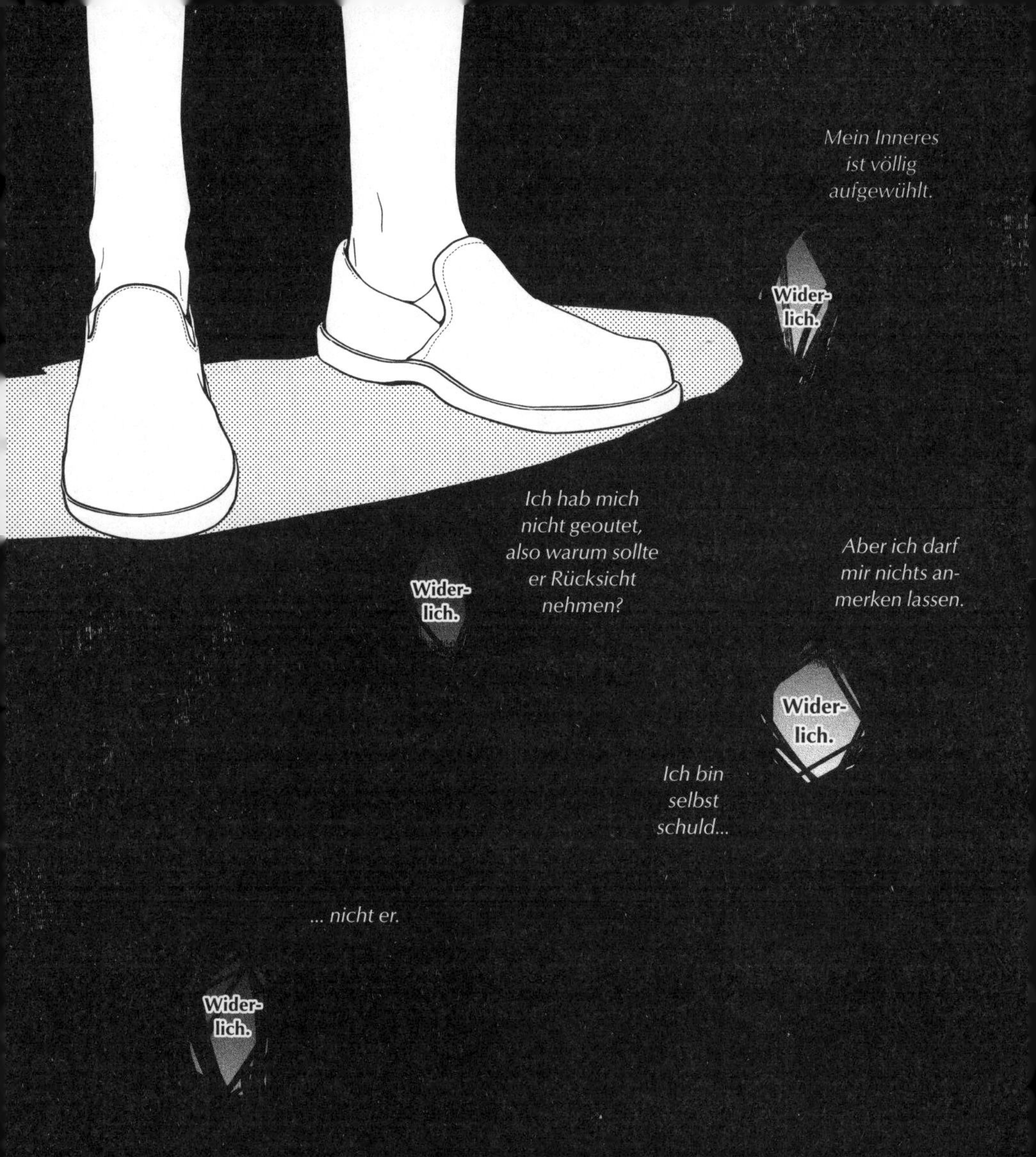
Mein Inneres ist völlig aufgewühlt.
Wider-lich.
Aber ich darf mir nichts anmerken lassen.
Ich hab mich nicht geoutet, also warum sollte er Rücksicht nehmen?
Wider-lich.
Wider-lich.
Ich bin selbst schuld...
... nicht er.
Wider-lich.

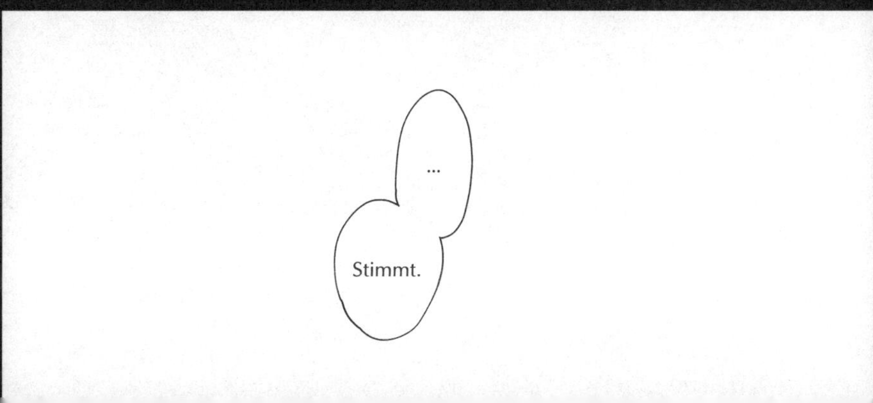
...
Stimmt.

Noch mal danke, dass du mitgekommen bist.
Kein Problem.
Hatte eh nichts vor.
Kommst du nächstes Mal wieder mit?
Finden solche Events häufiger statt?
Ja, es gibt ganz viele!
Manchmal gibt es sogar limitiertes Merch für Paare!
Aber das ist doch für glückliche Paare gedacht?
Na und? Die sind doch auch so schon glücklich!
Die sollen sich nicht so haben.
Da ist was dran.
Na gut.
Ich helf dir, soweit ich kann.
Danke!
Wenn ich mich irgendwie revanchieren kann, lass es mich wissen!
Ich mach alles!
Ist gut.
Und worauf stehst du so?

Auf nichts wirklich...
Glaub ich nicht!
Du hast dir doch vorhin was angehört. Was denn?
Queen.
Kenn ich die?
Lass mal was hören!
Oh, ich glaub, die hab ich schon mal gehört!
Ist das dein Lieblingslied?
Nein.
Für mich ist das kein typischer Queen-Song.
Das Einzigartige ihrer Songs ist ihre Theatralik. Durch die Modulation und die Lyrics...
... entfalten sich ganze Geschichten aus ihren Klängen.
Es ist, als ob ihre Lieder dich in eine andere Welt entführen.
Ahaaa ...

Und ob es etwas gibt, worauf du stehst!
...
Sag mal...
... glaubst du, in unserer Klasse gibt es Homos?
Einen hab ich unter Verdacht.
Und wen?
Ryohei.
Wie kommst du darauf?
Das kam unerwartet.

Morgen!
GWAAH!
Sag mal »Aaah«!
Aaah ...
Der grapscht doch stän-dig andere Jungs an...
... und wenn er mit Yusuke flirtet, denk ich mir nur: »Heiratet doch endlich!«
Yusuke hat eine Freundin.
Spielt in meiner Fantasie keine Rolle.
Die hat Nerven...
Wenn ...
Achtung auf Gleis 13, ein Zug fährt ein. Bitte treten sie hinter die gelbe Linie.
KAKLANG
Und wenn er wirklich schwul wäre...
... wie würdest du reagieren?
KAKLANG
KAKLANG
KAKLANG
KAKLANG
KAKLANG
KAKLANG
Wie ich...
... re-agieren würde ...?
KAKL

Gute Frage.
Aber in meiner Realität...
... gibt es ja so gut wie keine Schwulen.
Ne, sitzt nur einer direkt vor dir.
Bis dann!
Männer wollen Sex mit Frauen haben.
Vollkommen egal, auf welchem Kontinent man lebt, welche Nationalität man hat oder welcher Religion man angehört. So will es die Natur. Das ist die »Normalität«.
Ist dieses anhaltende Gefühl der Leere...
... meine Strafe dafür, dass ich diese Regel breche?

SHE LIKES GAY BOYS
BUT NOT ME

SHE LIKES GAY BOYS

BUT NOT ME

Kapitel 2

Seit wir zusammen in Ikebukuro waren...
... kommt Sae öfter zum Quatschen zu mir.
Ich hab ein bisschen in Queen reingehört!
Ich mag ja diesen einen Song!
»I Was Born To Love You«.
Streng genommen ist das kein richtiger Queen-Song.
Nur steht jeder Möchtegernfan in Japan auf den...
Wirklich?
Ich mag den auch.
Aber das verkneif ich mir.
Ist ein guter Song.
Wusstest du ...

... dass der Sänger von Queen...
... schwul war?
ZUCK
...
Sorry, hab ich dich verärgert?
Hä?
Du siehst so wütend aus...
Blödsinn.
SCHLÜÜRP
Warum sollte ich wütend sein?
Okay...
... dann bin ich beruhigt.
Ach...
Sag...
Erinnerst du dich an Nao?
Nao Sakura?

* Eine Reihe von Feiertagen zwischen dem 29. April und 05. Mai

Ich weiß echt nicht weiter...
Was ist dein Problem?
Du hast genau drei Optionen.
...
Erstens: Du outest dich und gibst ihr einen Korb.
Das wäre ehrlich.
Zweitens: Du outest dich nicht und gibst ihr einen Korb.
Das wäre praktisch.
Drittens: Du outest dich nicht und kommst mit ihr zusammen.
Das wäre assi.
Moment, du könntest dich natürlich auch outen und trotzdem mit ihr zusammenkommen.
Jetzt weiß ich gar nicht mehr, was ich tun soll!
Und?
Was hältst du von ihr?
Hmm...

Ich mag sie...
Nicht auf romanti-sche Weise, aber ich hab sie sehr lieb.
Das ist ja mein Problem!
Wenn ich sie nicht mögen würde, hätte ich auch keine Gewissensbisse...
Jun. Worte allein reichen nicht, um »Liebe« zu beschreiben.
Wie soll ich es deiner Meinung nach sonst tun?
Für mich gibt es genau zwei Varianten der Liebe.
Die Liebe, bei der er hart wird.
Und die Liebe, bei der er schlaff bleibt.
...

Sport
Jungs → C
Mädchen → D
Juuun...
...kun!
!
Hoppla!
SWUSCH!!!
Ryo-hei!
Kannst du diese Art der Begrüßung endlich mal sein lassen?
Jetzt hab dich nicht so!
FLOPP
Ach ja, was ich dich fragen wollte!

Hast du am dritten Mai Zeit?
Wieso?
Wir wollten mit ein paar Leuten in den Freizeitpark in Yamanashi.
Willst du mitkommen?
Wer sind »wir«?
Yusuke und ich sind die einzigen Jungs.
Von den Mädels kommen Sae, im Doppelpack mit Mai, und Yusukes Freundin.
Mit dir wären wir zu dritt.
Die kenn ich ja nicht mal sonderlich gut.
Na und?
Außerdem hängst du doch seit Neuestem öfter mit Sae ab.
Oder hast du schon was vor?
Noch nicht, aber das kann sich noch ändern!
Rück mir von der Pelle!
Aber ich hab zuerst gefragt!
*Da hat er recht.*
Ist ja gut.
Ich check mal kurz ab, ob ich kann.

Sa
Makoto Sasaki
Normalerweise ruf ich Makoto nie an.
Wir schreiben auch nicht über soziale Netzwerke oder SMS.
Wir schreiben nur E-Mails...
... um nicht versehentlich aufzufliegen.
Abrufen
Hoffentlich wird er nicht wütend, wenn ich ihn auf einmal anrufe...
Er wird mich schon nicht dafür hassen, oder?
WUSCH WUSCH
Ich tu's einfach!
TUUUUT
TUUUUT
TUUUUT
Ja, was gibt es?

Seine Stimme ist so ernst. Er ist bei der Arbeit.
Entschuldige die Störung, aber ich muss dich was fragen.
Und zwar?
Freunde haben mich gefragt, ob ich am dritten Mai Zeit habe.
Aber ich sag ab, wenn wir uns stattdessen sehen könnten.
Wie sieht es bei dir aus?
Eher schlecht.
In der Woche vereise ich mit meiner Familie.
Mit seiner Familie...
Alles klar.
Entschuldige, dass ich angerufen habe.
Bis dann.
Makoto Sasaki
Jun.

Danach...
... werde ich dich von oben bis unten verwöhnen.
Halt bis dahin durch, ja?
Oh, Mist, mir wird ganz heiß...
Du verstehst mich doch, oder...
RUFF
... Jun?

Jaaa...
... Daddy.
TAPP
Makoto Sasaki
FLAPP
Puuh...
Komm runter...
Komm runter...

*Ich hab beschlossen,
mit in den Freizeitpark
zu fahren.*

* Japan Railways (JR) Bahnhof Shinjuku

Kommst du mit Spukhäusern klar?
Weiß nicht.
Ich war noch nie in einem Freizeitpark.
Geht nicht jede Familie mal in einen?
Wie das denn?
Meine Eltern haben sich sehr früh getrennt.
Ohne beide Elternteile gibt es weniger Gelegenheiten für so was.
Oh, das tut mir leid...
Schon gut.
Der Bus von Shinjuku nach Yamanaka, Asahigaoka, fährt jetzt ab.
Bitte bleiben Sie während der gesamten Fahrt angeschnallt.
Jun?

Ich will Queen hören...
»Bicycle Race« wär's jetzt...
...
WUPF
WUPF
Also...
Ich...
... hab total Angst in Spukhäu- sern...
Wür- dest du daher...

... mi...
... mit mir...
Du hast genau drei Optionen
Ich quäle mich.
Ich bin unentschlossen.
Na klar.
Aber das ist bestimmt kein Grund jemandem die kalte Schulter zu zeigen.

* Klinikum Jikyu

Oh...
GYAAAAAAAAAAAH
救急総合病院
Da seid ihr ja!
WANK
Junkun!
Ihr habt ja ewig gebraucht!

Sorry, aber du siehst ja, was aus Sae geworden ist...
Ihr hättet doch auch abbrechen können.
Niemals! Wenn ich schon mal hier bin, zieh ich es auch durch!
Dabei hast du eh kaum was gesehen.
Wenn ich nun einmal Angst hatte!
Hast du immer noch Angst?
!
PWAH
Nein...
... alles...
... okay ...

Sae...
... lass uns dort ein paar Souvenirs kaufen!
Au ja!
Ich komm mit!
Und? Warst du erfolg-reich?
Hast du wenigstens ihre Titten anfummeln können?
»Wenigs-tens«? Du weißt schon, dass das nicht okay ist, oder?
Ach was! Manchmal ist eine kurze Fummelei der Beginn einer ewigen Liebe!
Seine Gesichtszüge sind weich...
... sein Körper gut gebaut.
Ryohei ist beliebt.
Er ist nett und immer gut drauf.
So ein Schwa-chsinn.
Aber in Sachen Liebe ist er ein Spätzünder.
Junkun, ich bin verliebt!

Oooh, und in wen?
Motoki? Die fährt ja voll auf dich ab.
Ne.
Kishimoto... meine Sitznachbarin.
Wie kommt's?
Okay, hör zu!
Sie hat mir neulich ihr Englischbuch geliehen.
Und in der Ecke war ein Comic von mir, wie ich zu einem Toast werde!
Ich hab das gesehen, und schon war es um mich geschehen!
O... Okay?
?Ryohei als Toast??
? ? ?
Lad sie doch auf ein Date ein!
Sobald es ernst wird...
Niemals!
Das ist doch voll peinlich!
...verkriecht er sich in seinem Schneckenhaus.
Entweder bekommt er einen Korb...
... oder findet heraus, dass sein Traummädchen schon vergeben ist.
Wein dich ruhig aus.
Ich bin für dich da.
Ich hab ihn schon oft über seinen Liebeskummer hinweggetröstet.
Jun...
...kun!

Ich werde einfach dich heiraten, Junkun!
WÄÄÄÄH
Vielleicht sollte ich das jetzt auch sagen?
Ich...
Nein.
Das sollte ich besser nicht tun.
Dieses Muster wiederholte sich wieder und wieder.
Und bis heute habe ich es ihm...
... nicht gesagt.
...
GRAPSCH
Wenn du...
... ihn nicht benutzt, wird er dir weggam-meln!
GRABBEL
GRABBEL

Na, aber noch ist gut was dran!
Also sieh zu, dass es so bleibt!
Ryohei!
Hör auf mit dem Scheiß!
PAMM
Hoppla!
Jetzt warte, Ryohei!
Ich schau mir auch mal die Souvenirs an.
Der spinnt doch!
Jun.
Ja?
Weißt du...
... warum Ryohei dich eingeladen hat?

Um das Geschlechterverhältnis auszubalancieren, meinte er.
Okay.
Also hast du keine Ahnung.
Wovon?
Sae steht voll auf dich.
Er will euch verkuppeln!
Deshalb dieses Gruppendate.
Das wusste ich echt nicht.
...
Aber ich hab's geahnt.
Ryohei mischt sich immer überall ein!
Warum lässt er die Leute nicht einfach ihr Ding machen?
Der war schon immer so.
Ständig hat er das Wohl der anderen über das eigene gestellt.
Das weiß ich selbst!

Aber seinen besten Freund dabei zu unterstützen, das Mädchen zu angeln...
... auf das man selbst steht...
... ist doch voll bescheuert!
Hä?
Saes Gefühle hast du durchschaut...
... aber seine nicht?
Ryohei steht auf Sae...?
Wir haben abgemacht...
... dass wir dafür sorgen, dass es zwischen euch funkt.
Checkst du eigentlich...
GNN

... warum ich dir das hinter dem Rücken der anderen verrate?
Weil du sie nicht liebst!
Das sieht man dir...
...
... mit bloßem Auge an!
Das stimmt nicht.
Ich liebe sie.
Hart...
... oder weich.
Wenn alles gut läuft...
TAPP
... wird sie es dir nachher im Riesenrad sagen.

Wenn dir Ryohei etwas bedeutet...
... gibst du ihr einen Korb.
Bevor wir hierherge-kommen sind...
... hat er mir die Ohren vollgeheult.
Macht er sonst nie!
Yusuke, ich...
... weiß nicht, was ich tun soll...
Du kennst ihn länger, also muss ich's dir nicht erklären.
TAPP
...
PATT

Enttäusch mich nicht.
Ich bin komisch.
Selbst wenn ich etwas ohnehin tun wollte, sträub ich mich, sobald jemand genau das von mir verlangt.
Aber die Gefühle meines heterosexuellen Freundes Ryohei zu ignorieren und mit Sae zusammenzukommen...
... wäre mehr als komisch.

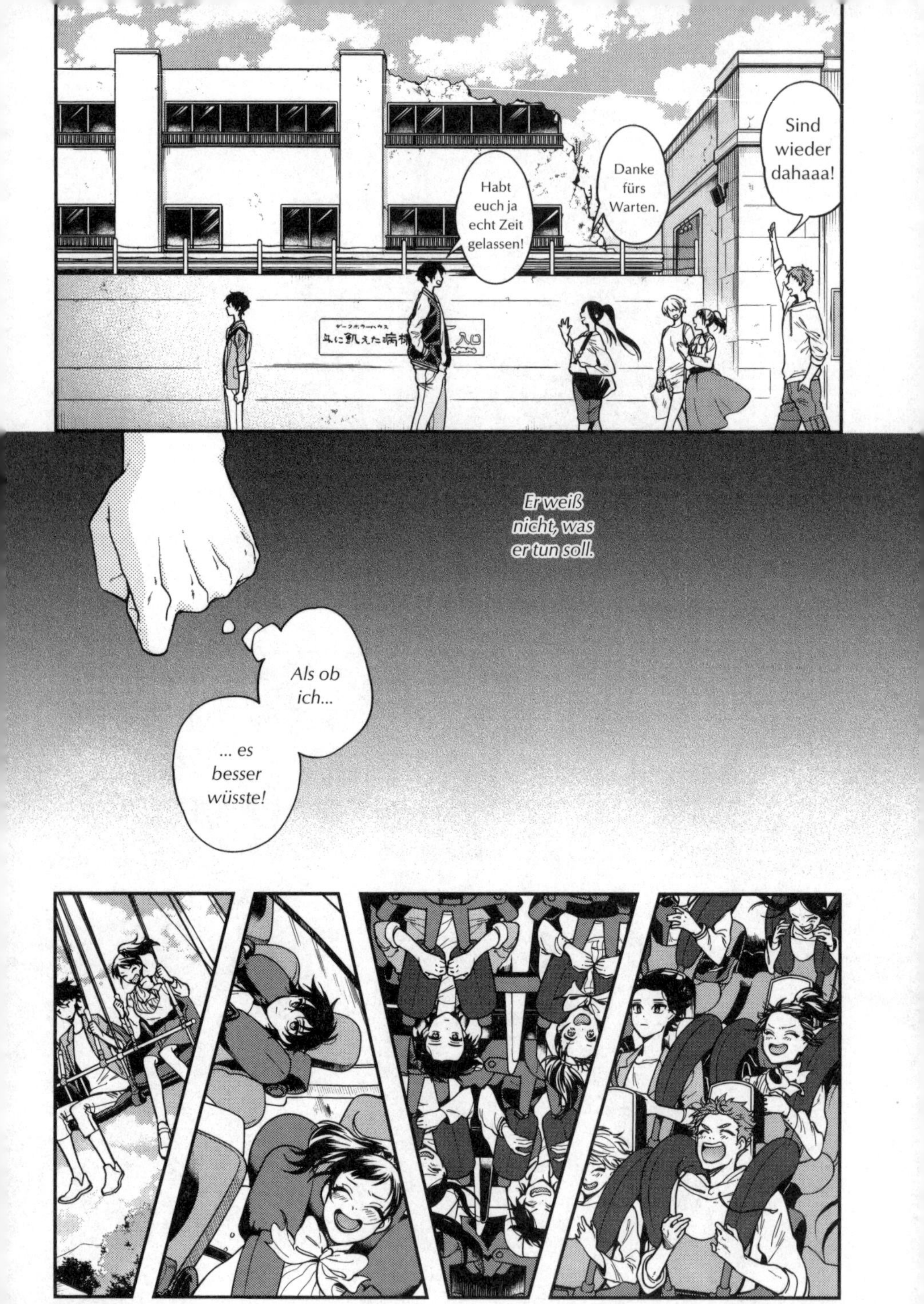
Sind wieder dahaaa!
Danke fürs Warten.
Habt euch ja echt Zeit gelassen!
Er weiß nicht, was er tun soll.
Als ob ich...
... es besser wüsste!

* Thermalbad oder heiße Quellen

Dieses Riesenrad hat transparente Gondeln!
Der Wahnsinn!
Hast du Höhenangst, Yusuke?
Träum weiter!
Bitte sehr.
Sieh nur, der Fuji!
Wie schön!
Stimmt.
...
Haah ...

Damit endet der Tag also...
Aber die Golden Week hat doch gerade erst angefangen.
Ja, schon. Aber jetzt ist es nicht einmal mehr einen Monat bis zu den Zwischenprüfungen.
Du bist im naturwissenschaftlichen Zweig, oder?
Bist du gut in Mathe? Kannst du mir Nachhilfe geben?
Du bist in den Geisteswissenschaften, oder?
Na und?
Man kann nie genug wissen!
Sae...
Kann ich dich was fragen?
Schieß los!
Als wir in Ikebukuro waren, hatte ich den Eindruck...
... dass du öfter mit Ryohei redest. Wie kommt's?
Ich dachte, ihr habt kaum Kontakt miteinander?

Oh, gute Frage.
Er quatscht öfter mit mir.
Wann hat er dich das erste Mal angesprochen?
In der Zehnten vielleicht? Da saß ich in seiner Nähe.
...
Aah! Ich erinner mich!
Ich hab gezeichnet!
Wenn mir im Unterricht langweilig ist, skizziere ich die Leute um mich herum.
Sae?
Was zeichnest du da?
!
Ich seh doch viel besser aus!
Autsch.
*Dafür hat er eine große Schwäche.*
Danach haben sich öfter unsere Blicke getroffen und wir haben gequatscht.
Ich hab ihn unbewusst beobachtet, weil...
Na, du weißt schon. Weil er immer so mit den Jungs rumalbert.

Ich hab keine Ahnung, wie Liebe zwischen Männern und Frauen abläuft...
... aber...
... jeder wird glücklich, wenn man immer wieder den Blick seines Schwarms kreuzt!
Meine Brust...
... ist wie zuge-schnürt...
...
Weißt du...
... ich habe...

... Nao von unserem heutigen Plan erzählt.
Dass ich mit dir in den Freizeitpark gehe.
Dass wir drei Jungs und drei Mädchen sind und ich so die Zeit mit dir verbringen könnte.
Dass wir einiges machen, uns näherkommen und dann zum Schluss im Riesenrad fahren würden.
Und dort...
... würde ich...
... dir gestehen, dass ich mich in dich verliebt habe!
Seit wir zusammen...
... in Ikebukuro waren...

... kann ich nur noch an dich denken!
Bei jeder Kleinigkeit ploppst du in meinem Kopf auf.
Seit ich denken kann, war ich noch nie so sehr in jemanden verliebt.
Und ich weiß, dass du für mich nicht dasselbe empfindest.
Aber...
... wenn du nicht in einen anderen Menschen verliebt bist...
... und mich vielleicht ein bisschen magst...

... dann könnten wir ja...
... vielleicht doch zusammen sein?
»Sorry, ich bin schwul.«
...

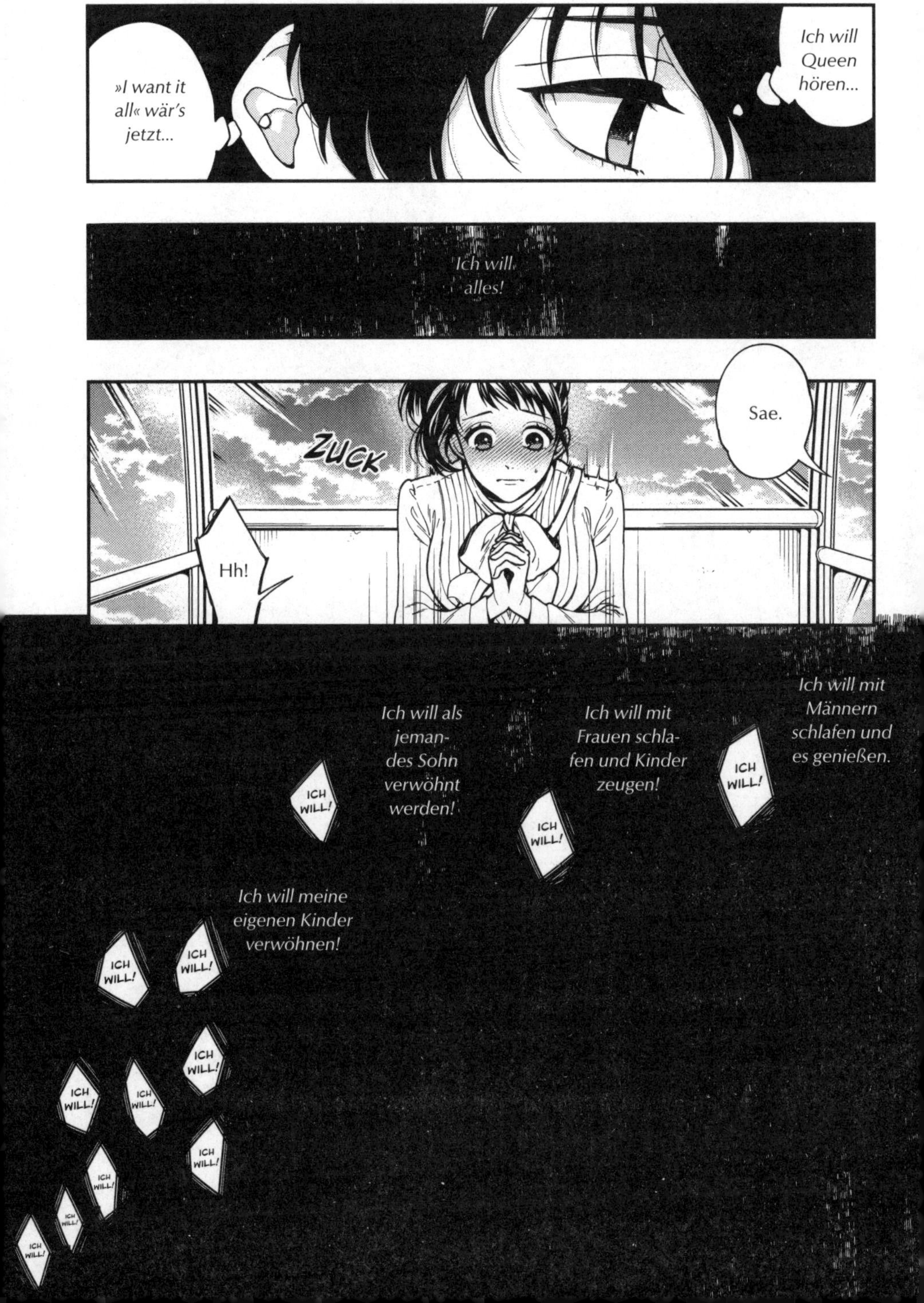
Ich will Queen hören...
»I want it all« wär's jetzt...
Ich will alles!
Sae.
ZUCK
Hh!
Ich will mit Männern schlafen und es genießen.
ICH WILL!
Ich will mit Frauen schlafen und Kinder zeugen!
ICH WILL!
Ich will als jemandes Sohn verwöhnt werden!
ICH WILL!
Ich will meine eigenen Kinder verwöhnen!
ICH WILL!
ICH WILL!
ICH WILL!
ICH WILL!
ICH WILL!
ICH WILL!
ICH WILL!
ICH WILL!

Das freut mich sehr.
Du gehst mir auch nicht mehr aus dem Kopf.
Willst du meine Freundin sein?
Ja!
*Mein Penis hat noch nicht einmal gezuckt.*

Glückwunsch, Sae!
Sauber!
Danke euch!
Wie schön!
!!!
Bis wir uns voneinander verabschiedet haben...
... waren Sae und ich das Thema der Heimfahrt.
Ryohei hat auch viel mitgeredet...
... allerdings mit ungewöhnlich leiser Stimme.

Was für ein Tag!
Sie ist deine Erste, nicht wahr?
Ja, schon.
Bisher waren Frauen für dich ja nie ein Thema.
Hab mich schon gefragt, ob du auf Kerle stehst.
...
Aber du bist scheinbar nur unbeliebt.
Das beruhigt mich!
STICH
Ha-ha!
Haha ...
...
Ich...
... bin auch in Sae verliebt.
Du hast mich doch früher immer über meinen Liebeskummer hinwegge-tröstet.
Stimmt.
Würdest du...
... mich noch einmal trösten?
Mein Kumpel hat mir...
... nämlich das Mädchen, in das ich verliebt bin, wegge-schnappt.
...

Sorry
Ich bin ganz durcheinander!
...
Mach dir nichts draus, okay?
Und in diesem Sinne: Tschau!
PATSCH
Hh!
Wehe, das läuft nicht gut zwischen euch!
Ich wollte nie eine Beziehung mit Ryohei.
Aber...
Mach's gut!
... das Bedürfnis, mit ihm zu schlafen, hatte ich unzählige Male.
Bei Sae verspüre ich nichts dergleichen.
!
VRRR
VRRR
VRRR
TAPP

Es gibt zwei Arten von Liebe.
offbank
21:58
03. Mai, Freitag
FINE
Sae Miura:
Wollen wir uns in den Ferien noch mal daten?
Cmail
Makoto:
Hast du demnächst Zeit?
Zum Entsperren Home-Button drücken
Eine Liebe, bei der er hart wird…
… und eine Liebe, bei der er weich bleibt.

SHE LIKES GAY BOYS

BUT NOT ME

SHE LIKES GAY BOYS
BUT NOT ME

Wir hatten unser erstes richtiges Date in Shibuya.
JR 渋谷駅 shibuya station
嘘つきカレシと
嘘つきカ
Kapitel 3
Wir haben uns einen Liebesfilm angeschaut, den ich mir allein nie ausgesucht hätte.
TOHOO CINEMAS
Wir haben Händchen gehalten...
... und uns geküsst.
Nach den Ferien haben sich in der Schule...
Du bist jetzt mit Sae zusammen?
Nicht schlecht, Alter!
Wart ihr auf Dates?
Habt ihr schon gevögelt?
Wie weit seid ihr schon?
Was gefällt dir an ihr?
... alle Jungs auf mich gestürzt.
Wie soll ich das alles beantworten?
Allmählich glaube ich, dass es gut läuft.

Wir treffen uns außerdem zur Mathe-nachhilfe...
... um die sie mich im Riesenrad gebeten hat.
Jun, hast du diesen Samstag Zeit?
Du erinnerst dich, dass Nao mal wieder ein Doppeldate wollte, oder?
Und?
Wollen wir?
Sae...
Du weißt schon, warum wir hier sind?
Klar weiß ich das!
Aber wenn nicht jetzt, wann dann?
Du hast einfach nur keinen Bock aufs Lernen, stimmt's?
Blödsinn...
...
Können wir das nach den Prüfungen machen?

Ein Ort, der dein Blut...
... so richtig zum Kochen bringt!
Lass uns ein anderes Mal drüber reden.
Sag mir lieber, ob du inzwischen deine Aufgaben fertig hast.
...
Also, wenn du keinen Bock hast...
Also am Samstag nach den Prüfungen!
Okay?
Ja, meinet-wegen.
Du ent-scheidest, wohin wir gehen.
Da...
Das ist es nicht! Hör zu!
Die Deadline des Wettbewerbs, bei dem ich gern mitmachen wür-de, ist Ende Mai, also deshalb...
Sae ist ein liebes Mädchen.
Diesmal schaff ich es sicher!
Aber...
Du weißt ja, dass ich so was zeichne...
... mir käme nie der Ge-danke...
»Boah, ist die süß!«

Eine Frage, Kate.
Ich habe jetzt eine Freundin und wir wollen in zwei Wochen auf ein Date gehen.
Welcher Ort wäre denn geeignet, um sie glücklich zu machen?
Der Ort ist egal. Mit einem geliebten Menschen...
... kann man selbst in einer Wüste Spaß haben.
Aha?
...
Fragst du dich nicht...
... warum ich jetzt eine Freundin habe...
... obwohl ich schwul bin?
Wieso sollte ich? Kommt doch häufig vor.
Versteckt man seine Homosexualität nicht hinter einer heterosexuellen Beziehung...
... hat man es in diesem Land schwer. Außerdem steht es mir auch gar nicht zu, dir das auszureden.
...

Aber eines möchte ich dir mit auf den Weg geben.
Deine Show hat bereits begonnen.
Wenn du alles hinwirfst und dich von der Bühne verziehst, nur weil dir das plötzlich zu viel ist, kannst du was erleben.
KLINGELING
Hallo, Jun!
Wartest du schon lange?
Nein, bin grade erst gekommen.
Und aus den Lautsprechern tönte »The Show Must Go On«.

HOTEL PASA
Erzähl mal, Makoto.
Was denn?
Wohin bist du mit deiner Familie gefahren?
...
Nach Hong-kong.
Ins Ausland? Wie cool!
Das war nur eine Ausnahme, weil ich geschäftlich dorthin musste.
Sie haben mich praktisch als Reiseführer durch die Gegend geschleift.
Nächstes Mal schleifen sie mich nach Odaiba, wegen irgendeinem Promi, der mich nicht im Geringsten interessiert.
Wann?
Übernächste Woche Samstag.
Der Tag, für den Sae und ich das Date geplant haben...

In Odaiba gibt es ein riesigen Onsen. Dort werden wir es uns richtig gut gehen lassen.
...
Makoto... ist es...
... normal, dass schwule Männer...
... Frauen heiraten?
...
Ungewöhnlich ist es jedenfalls nicht.
Aber ob das nun normal ist... Schwer zu sagen.
Es gibt unter Schwulen viele, die das verabscheuen.
Wirklich?

Kennst du die Geschichte von der feigen Fledermaus?
Ja.
Du meinst das Märchen, oder?
Diese Geschichte erzählt von einer Fledermaus und zwei konkurrierenden Stämmen – dem der Vögel und dem der Bestien.
Die Fledermaus schleimt sich bei beiden Seiten ein...
... wird zum Schluss aber von allen gemieden und vereinsamt.
Ich bin diese Fledermaus.
Mal bin ich ein heterosexueller, mal ein homosexueller Mann.
Auf diese feige Art inszeniere ich mich selbst so, wie es die Situation von mir verlangt.
Wenn...
... eine Gesellschaft Realität würde...
... in der es, wie im Märchen zwischen Vögeln und Bestien, zwischen homosexuellen und heterosexuellen Menschen keinen Unterschied gäbe...
... würde es niemanden geben, der für eine Fledermaus wie mich Verständnis hätte.

Wenn man sowohl von seinem Liebsten geliebt werden...
... gleichzeitig aber auch eine Familie haben möchte...
... sind wir gezwungen, unser Leben lang eine Show zu spielen.
Makoto...
In den Ferien bin ich...
... mit einem Mädchen zusammengekommen. Das Mädchen, das ich damals beim Kauf eines BL-Manga gesehen habe.
Du hattest vollkommen recht. Wir sind uns seitdem schnell nähergekommen...
... und dann hat sie mich gefragt, ob ich mit ihr gehen will.
... dann könnten wir ja vielleicht doch zusammen sein?
...
Und ich habe Ja gesagt.

Das sind doch tolle Neuigkeiten!
Zur Feier des Tages hast du dir eine zweite Runde verdient.
Diesmal ohne Gummi?
Oh...
Ohne ...?
Lieber nicht...
Wieso nicht?
Ich geh regelmäßig zur Vorsorge.

Ah!
AAH!
Aber...
RUBB
RUBB
ZUCK
Mein Freund ist positiv...
AH!
Ah!
KNÜFF
AAAAAH!
Ah!
ZUCK
Das könnte uns auch passieren!
HAAAH
ZUCK
Jun...
... du sollst doch auf deinen Daddy hören...

Das ist...
... so arschig!
Okay...
... Daddy!

Mr. Fahrenheit, ich hab eine Frage.
Allerdings ist das sehr privat, also wenn du nicht antworten willst, ist das okay.
Schon okay. Schieß los!
FLWPP
WAMM
TRAPP TRAPP
KLONK
Wie oft hattest du ungeschützten Sex, bis du dich mit HIV infiziert hast?
Ich hab ihn verführt und kam nicht mal dazu, das Gummi vorzubereiten, da hat er ihn schon reingesteckt.
Dieses eine Mal hat gereicht, um mich anzustecken.
Ein Mal.

Wieso fragst du?
Sag nicht, dass du es ohne Gummi gemacht hast.
Haah...
Doch. Du durchschaust aber auch alles!
Die Stimmung hat es mir unmöglich gemacht mich zu weigern, also ist es passiert.
Deswegen bin ich sehr beunruhigt.
Du hättest dich trotzdem weigern müssen!
Gut, ich bin positiv, also sollte ich vielleicht nicht so groß daherreden. Ich wollte dir keine Angst machen.
Also ist einmal doch nicht so schlimm?
Tja, wer weiß?
Mr.
Vielleicht war das, was ich gesagt habe, eine Lüge.
Mr.
Vielleicht ist alles, was ich dir bisher erzählt habe, eine Lüge.
Mr.
Vielleicht bin ich ein heterosexueller Schüler, wie es sie an jeder Ecke gibt.
Haha!
So ein Quatsch!

Was ist eigentlich mit dem Mädchen, das auf dich abfährt?
...
Wir sind jetzt zusammen.
Das wäre assi.
Und dabei hab ich noch groß getönt...
Du packst heute ja eine Überraschung nach der anderen aus! Was kommt noch?
Wie auch immer...
Wenn du es schaffst, als Heterosexueller zu leben, passt doch alles.
Ob ich es schaffe, ist die Frage.
Egal ob wir nur Händchen halten, sie ihre Brüste an mich presste oder wir uns küssen...
Mein Sensor reagiert null.
Jun, lass mich dir eine Frage stellen.
Meinst du, ich kann ganz normalen Sex haben...?

Was meinst du mit »normalem Sex«?
Wenn Sex zum Zeugen von Nachkommen normal ist, wie sieht es dann mit geschütztem Geschlechtsverkehr aus?
Wenn Sex zwischen Mann und Frau normal ist, wie sieht es dann bei Sex zwischen einem 80-jährigen Opa und einem neunzehnjährigen Mädchen aus?
Was ist deiner Meinung nach »normaler Sex«?
Was meiner Meinung nach...
... normal ist...?
Darüber habe ich noch nie nachgedacht...

Mennooo!
Wo sollen wir denn jetzt lernen?
Am Dienstag vor den Prüfungen...
... wurden wir gebeten, das Restaurant zu verlassen.
Der Kellner spinnt doch! Schmeißt uns einfach raus!
Gut, vielleicht haben wir es mit dem kostenlosen Nachfüllen etwas übertrieben, aber wir waren doch trotzdem Kunden!
...
In dieses Restaurant gehe ich nie wieder!
Oh!
Sag!
Hast du schon eine Idee, wohin uns unser Doppeldate führt?
Hab noch nicht drüber nachgedacht.
Aber es ist bald so weit! Denk mal schneller!
Stimmt.
Aber die Prüfungen stehen an. Ich will mich erst mal darauf konzentrieren.
Also hör mal!
In einer normalen Beziehung würde man nur noch von Dates reden. Wer denkt da denn an Prüfungen?

Was meinst du mit einer »normalen Beziehung«?
Hm?
Was macht eine »normale Beziehung« für dich aus? Wie definierst du sie?
Was soll das denn jetzt?! Kindische Frage!
Hast du das gehört, Mr. Fahrenheit?
Oh Mann!
Bist du sicher, dass du mich wirklich liebst?
...
Wieso...
... fragst du?
Weil du häufig so abgeklärt bist!

Aber nur weil ich dir vertraue. Ich gebe mich so, wie ich wirklich bin.
Ist das so?
...
...
Sae...
Ja?
Willst du morgen...

... bei mir...
... lernen?
Meine Mutter arbei-tet, also ist niemand zu Hause.
Okay!

Nachdem wir u
verabschiedet hat
habe ich in eine
Supermarkt, in d
ich sonst nicht ge
Kondome gekau
Bin wieder da.
Hallo, Jun!
Das Essen ist gleich fertig.
Okay.
Ich muss mich vorbereiten.
KWIEH
Coogle
frauen porno unzensiert
Suchen
Oh...
»Frauen« hätte ich mir sparen können...
versauten Pärchensex
R-18
Ich muss lernen, bei Frauen einen Ständer zu bekommen.
Dieses Schlampe kommt zehn Mal! Heißer Dreier in Overknees!
R-18
Das hier vielleicht...
Ficken, bis der Arzt kommt! Meine Stieftochter

Aaah!
Aaa-aah!
Genau da! Fester!
Ah! Aaaah!
Kann die nicht mal die Klappe halten?
Ugh.
Ich kann mir das zigmal anschauen, es macht nichts mit mir...
Aaaaah! Ich komme!
Ich kom-me!
Ich muss hart werden.
KWIEH
KWIEH
KWIEH
PAMM
PAMM
PAMM
Nein!
Nicht er!
HAAH
HAAH
Die Frau!
Die Frau muss mich geil machen!
PAMM
Ach...
Scheiß drauf!
HAAH
HAAH
HAAH
HAAH

Juuun!
Das Essen ist fertig!
Hh!
ZUCK
Er ist wieder schlaff...
Aah! Aah!
Aaah!
Ich kom-me!
Morgen werde ich dasselbe...
... mit Sae machen.
Ob ich das hinbe-komme ...?

Gehen wir?
Okay.
...
Ich flehe dich an...
... mein lieber Penis.
Beweise mir, dass du kein lebloser Wurm bist!
Danke, das ich kommen durfte!
WOOOW!
Voll ordentlich!

Du hast nicht ein einziges Poster oder CDs von irgendwelchen Sängerinnen?
Ist nicht meine Welt.
Hmm...
Ich darf doch, oder?
Was wird das denn?
Du hast doch bestimmt Pornohefte unterm Bett!
Wer kauft heutzutage noch Zeit-schriften?
Sind ja nicht wie deine BL-Manga.
Hehe!
Du bist echt frech!
Und warum lachst du dann?

Ich hab gestern etwas im Netz recherchiert.
Es heißt, wenn dein Freund fies zu dir ist, testet er dich.
So findet er heraus, wie sehr du ihn liebst.
Ganz schön kindisch.
SSK
Du hast aber...
... sooo süße Seiten!
...
RUFF
Du hast mich also auf die Probe gestellt?
Aber keine Sorge.

Was machen Heten in so einer Situation?
Wie war das noch in dem Film neulich?
Irgendwie so...?
SSWT
Ich liebe dich...
... mit Haut und Haar.

So weich...
Und sie riecht gut...
Mein Sensor...
... reagiert null.
FLAPP
Legen wir uns hin?
Okay...

Mmh!
Okay, er reagiert ganz schwach.
Ich schaff das!
Sae.
HAH

Jun...
Jun...
Jun.
Jun.
Jun.

ZIPP
RUTSCH
Was hast du...?

Nächstes Mal schleifen sie mich nach Odaiba, wegen irgendeinem Promi, der mich nicht im Geringsten interessiert.
Wann?
Übernächste Woche Samstag.
In Odaiba gibt es einen riesigen Onsen. Dort werden wir es uns gut gehen lassen.
Wegen des Doppeldates...
Wie wäre es mit dem Onsen in Odaiba?

Wir haben danach zwar noch gelernt...
... aber kaum miteinander gesprochen.
Sie hat ihre Aufgaben gemacht...
... und wenn sie was nicht verstanden hat, hat sie mich gefragt.
Nichts weiter.
Kommst du von jetzt an allein klar?
Ich würde mich gern auf meine eigene Vorbereitung konzentrieren.
Alles klar.
Danke für alles.
Du brauchst mich nicht begleiten.
Ich finde allein nach Hause.
Sie hat mir nicht mehr in die Augen gesehen.
KLICK
KLICK
Chat
Mr.
Online
Mr. Fahrenhe
Offline

Das war ein totaler Reinfall, der normale Sex.
Wir haben es heute versucht.
Aber keine Chance!
Hab keinen hoch-gekriegt.
Verstehe.
Jun...
Als sie mich so angesehen hat, war für mich alles aus.
Mein Körper hat mir auf einen Schlag klargemacht, was für ein Mensch ich bin.
Aber Makoto ist nun einmal der Einzige, der mich bisher so angesehen hat.
Ich weiß jetzt, was »normaler Sex« für mich bedeutet.
»Sex, für den ich zu blöd bin«.
Ich werd niemals normal sein.
Ich werd für immer anormal bleiben.
...
Mr.
Dann definiere »normal« einfach neu.
Mr.
Schaffe deine eigene Normalität, die mehr dir selbst entspricht.
Mr.
Es ist deine Welt, also verschwinden alle Vorurteile.

...
Wieso fragst du...?
Jun:
Warum willst du überhaupt »normal« sein?
Keine Vorurteile mehr?
Das wäre zu schön, um wahr zu sein.
Mr.
Lügner.
Da ist doch noch mehr...
Ich will eine Familie gründen.
Weiter
Meine Mutter soll sich keine Sorgen machen müssen.
Weiter
Ich will nicht, dass Menschen von mir angewidert sind.
Weiter
Das müsste alles sein.
Ich will nicht von mir selbst angewidert sein.

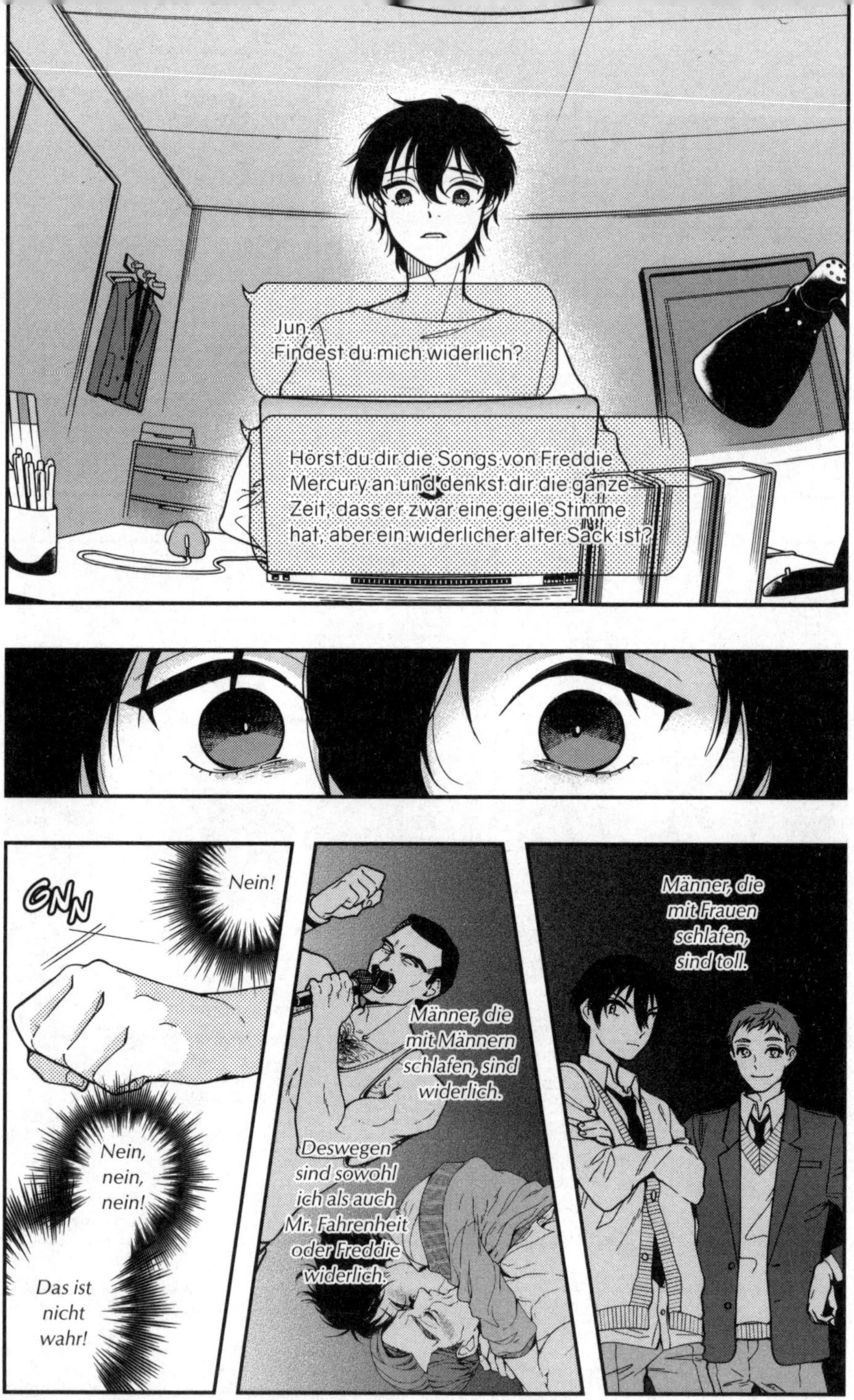
Jun.
Findest du mich widerlich?
Hörst du dir die Songs von Freddie Mercury an und denkst dir die ganze Zeit, dass er zwar eine geile Stimme hat, aber ein widerlicher alter Sack ist?
Männer, die mit Frauen schlafen, sind toll.
Männer, die mit Männern schlafen, sind widerlich.
Deswegen sind sowohl ich als auch Mr. Fahrenheit oder Freddie widerlich.
Nein!
GNN
Nein, nein, nein!
Das ist nicht wahr!

Niemals!
Du bist der beste Freund, den man sich wünschen kann, und Freddie ist der beste Künstler der Welt!
Danke.
Geht mir auch so. Du bist der zauberhafteste Mensch, den ich je kennengelernt habe.
Zu schade, dass du vergeben bist.
Das geb ich gern zurück. Wärst du Single, würd ich dir sicher dauernd meine Liebe gestehen.
Versucht er mich aufzumuntern? Wie lieb von ihm...
Ich bin Single.
Was?
Haben sie sich getrennt?
...
Was ist passiert?
Mr.
Er ist gestorben.

TACK
Halt, zurück!
TACK
Darüber macht man keine Witze
0
1 Witze
2 Sitze
3 Witz
TACK
TACK
Nein, das kann ich nicht bringen!
TACK
Ist alles in Ord
Was ist passiert?
Sein Zustand hat sich vor den Feiertagen verschlechtert und er musste ins Krankenhaus.
Er hat dagegen angekämpft, aber die Krankheit hat letztendlich gesiegt.
Tut mir leid, dass ich nichts gesagt habe.
Entschuldige.
Ich weiß nicht, was ich sagen soll.
Danke! Das allein reicht mir schon.

Vor den Feiertagen? Das war vor einem Monat!
Hat er das die ganze Zeit allein ertragen müssen?
BIBBER
Ich hatte ja keine Ahnung!
Ich...
Kann ich kurz ein bisschen über mich reden?
Klar!
Bitte lies einfach nur kommentarlos meine Nachrichten, bis ich dich konkret anschreibe.
Okay.
Reiß dich zusammen!
Mir darf kein Wort entgehen!
Mr.
Mein verstorbener Freund war mein Cousin.

Mr.

Er hatte bereits sein Coming-out und ging offen damit um.
Ich habe mich noch nicht geoutet.
Dass er schwul war, sorgte für eine Menge Spannung innerhalb der Familie. Aber er war klug und freundlich. Ich hab ihn über alles geliebt.

Mr.

Ich bin ein Einzelkind. Er ist ein Jahr älter als ich und ich habe ihn unfassbar geliebt. Da er nicht weit weg gewohnt hat, haben wir uns öfter getroffen. Er hat mir die verschiedensten Dinge gezeigt! Darunter auch Queen.

Mr.

Eines Tages hat er mir »Queen II« in die Hand gedrückt.
Das ist mein Lieblingsalbum meiner Lieblingsband, hör doch mal rein, hat er gesagt. Also hab ich reingehört und bin ihnen verfallen.
Es war, als hätten mein Körper und mein Geist gebebt.

Mr.

Als ich ihm das erzählt habe, war er überglücklich und hat mir alle Queen-CDs geschenkt, die er hatte.
Und sie sich dann nachgekauft. Ich habe keine Kohle, aber ich bin älter als du und krieg das schon auf die Reihe. Für mich gibt es keine bessere Investition, als wenn ich dich so als neuen Queen-Fan gewinnen kann. Das hat er gesagt.

Mr.

An einem Sommertag, es war affenheiß, habe ich ihm gesagt, dass ich mich in ihn verliebt habe.

Mr.

Anfangs wollte er sich gar nicht auf mich einlassen.
Aber ich habe nicht aufgegeben. Ich hab mich ihm aufgedrängt, gedrängt und gedrängt, bis wir miteinander geschlafen haben.
Das war genau dieses eine Mal, als ich mich infiziert habe.
Daher hatte ich auch gar nicht das Recht dazu, dir so eine Predigt zu halten. Dafür möchte ich mich entschuldigen.

Mr.

Danach sind wir zusammengekommen.
Ich war überglücklich.

Mr.

Aber wie du weißt, hat das nicht lange angehalten.
Erst als die Krankheit bei ihm ausgebrochen ist, haben wir gemerkt, dass er HIV-positiv ist. Seine Abwehrkräfte waren praktisch schon nicht mehr vorhanden, mit der Diagnose war klar, dass er bereits im Endstadium ist.

Mr.

Kaum hatte er es erfahren, hat er mich zu einem Arzt geschleift, um einen HIV-Test machen zu lassen. Nun, das Ergebnis kennst du ja.

Mr.

Als ich es meinen Eltern erzählt habe, hat meine Mutter nur geweint und mein Vater ist völlig ausgerastet.

Mr.

Für die beiden war klar, dass ich das Opfer und er der Täter war. Sie haben getobt! Nicht nur dass er ihren Sohn mit HIV infiziert hatte, sondern er habe ihn auch noch umgepolt, sodass er jetzt auf Männer stand. Ich konnte ihnen noch so oft erklären, dass ich vorher schon auf Männer stand und ich es war, der ihn bedrängt hat, sie wollten es einfach nicht wahrhaben.

Mr.

Sie haben mir verboten, ihn zu treffen. Wir haben uns trotzdem heimlich getroffen und Kontakt gehalten. Er hat sich immer Sorgen um mich gemacht, obwohl er schon sehr unter der Krankheit leiden musste.

Mr.

Der Blog über den Kampf gegen die Krankheit war auch seine Idee. Wenn ich jetzt darüber nachdenke, wollte er so vermutlich vermeiden, dass ich nach seinem Tod ganz allein mit der Krankheit umgehen müsste.

Mr.

Ich habe ihn auch im Krankenhaus besucht.
Er hat sich ständig dafür entschuldigt, dass er meinen Geburtstag nicht mitfeiern konnte. Und gesagt, wir würden das einfach nachholen, sobald er wieder entlassen wäre. Es würde die größte Party überhaupt werden und wir würden glücklich werden. Irgendwann …

Mr.

Aber er ist gestorben, ohne sein Versprechen zu halten.

Mr.

Ich habe geweint. Ich habe so viel geweint, dass ich das Gefühl hatte, mich aufzulösen.

Mr.

Ich habe meine Eltern gebeten, dass ich zur Leichenhalle fahren kann, um mich zu verabschieden. Ich habe sie angefleht, mir wenigstens diesen Abschied zu gönnen. Was sie natürlich nicht taten. Also hab ich mich davongeschlichen.

Mr.

Ich habe mir ein Seil aus Klamotten geknüpft und bin aus meinem Zimmer geklettert. Mein Handy und mein Portemonnaie haben sie mir abgenommen. Schuhe hatte ich auch keine. Also habe ich dicke Socken angezogen, mir ein Taxi genommen und bin zu ihm gefahren.

Mr.

Aber bevor ich es überhaupt in die Halle geschafft habe, wurde ich von Verwandten entdeckt.

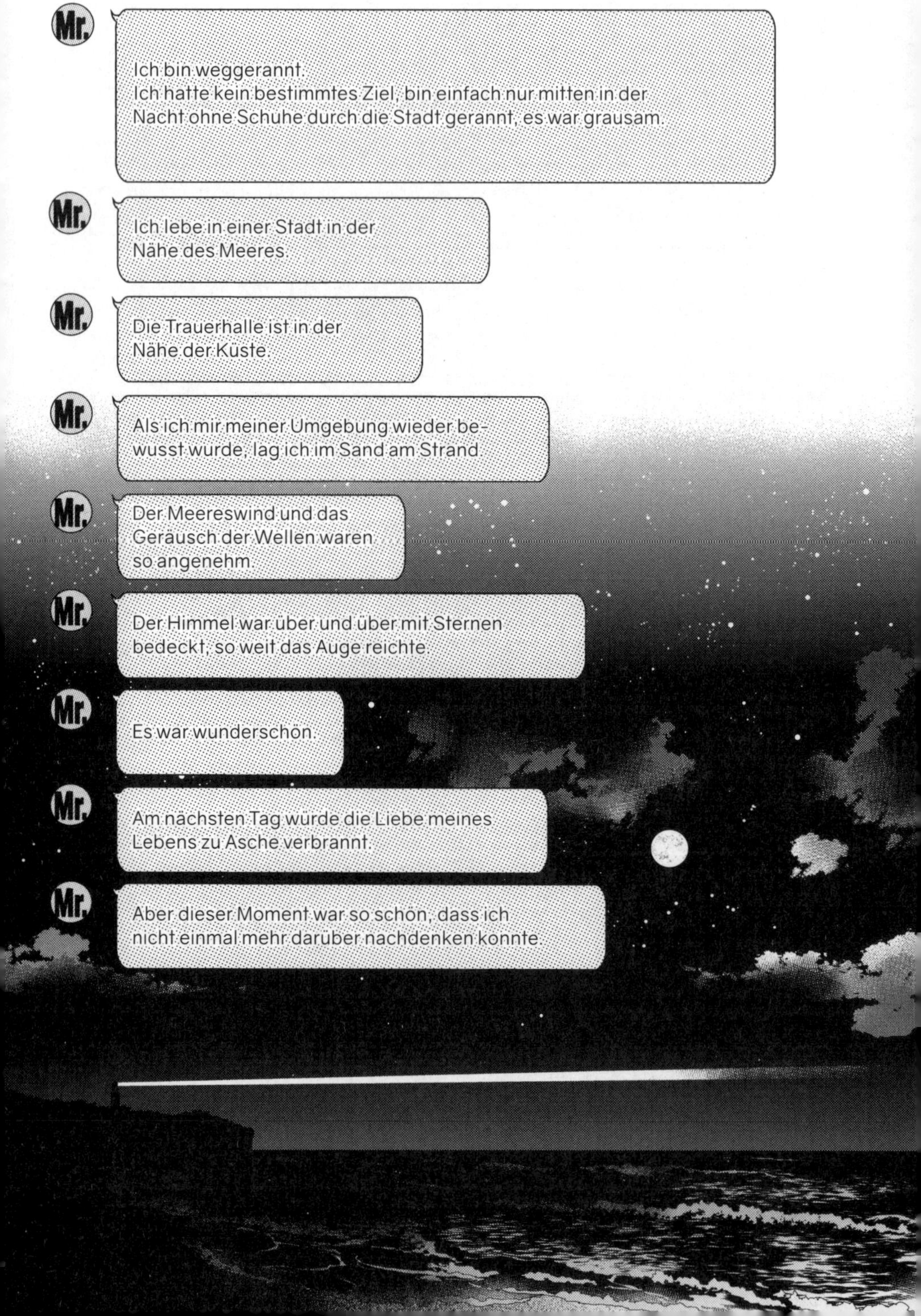
Mr.
Ich bin weggerannt. Ich hatte kein bestimmtes Ziel, bin einfach nur mitten in der Nacht ohne Schuhe durch die Stadt gerannt, es war grausam.
Mr.
Ich lebe in einer Stadt in der Nähe des Meeres.
Mr.
Die Trauerhalle ist in der Nähe der Küste.
Mr.
Als ich mir meiner Umgebung wieder bewusst wurde, lag ich im Sand am Strand.
Mr.
Der Meereswind und das Geräusch der Wellen waren so angenehm.
Mr.
Der Himmel war über und über mit Sternen bedeckt, so weit das Auge reichte.
Mr.
Es war wunderschön.
Mr.
Am nächsten Tag würde die Liebe meines Lebens zu Asche verbrannt.
Mr.
Aber dieser Moment war so schön, dass ich nicht einmal mehr darüber nachdenken konnte.

Es tut so weh...
Es schnürt mir die Brust zu...
Jun.

Ich möchte dich um etwas bitten...
!
Um was denn?
Wenn ich tot bin, möchte ich, dass du mein »Queen II«-Album, das er mir geschenkt hat, zu seinem Grab bringst.
Warum diese...
... ungewöhnliche Bitte?
Ich bin HIV-positiv. Es könnte mir jederzeit schlagartig so ergehen wie meinem Freund.
Als mir das klar wurde, wollte ich sicherstellen, dass das, worüber ich mir ständig den Kopf zerbreche, auch realisiert wird.
Natürlich, du kannst dich auf mich verlassen.
Danke!
Benutzt du die E-Mail-Adresse noch, über die wir ganz am Anfang geschrieben haben?
Ja. Über diese Adresse schreib ich auch mit ihm.
Sehr gut, dann werde ich dir die Details zukommen lassen, wenn es so weit ist.
Tut mir jetzt schon leid, wenn du dann irrtümlicherweise glaubst, dass du eine Mail von deinem Lover bekommen hast.
Ach, keine Sorge. Bis du stirbst, hat der sein Leben schon längst hinter sich.
Wie immer spart er nicht an Sarkasmus.
Man könnte fast glauben, das alles war nur ein Scherz.

Jun.
Es ist allmählich Zeit fürs Abendessen.
Ich bin dann mal off.
Er geht nicht weiter drauf ein...?
Na ja, kein Wunder.
Mr.
Jun...
Mr.
Ich liebe dich.
Ich liebe dich.

Seitdem ist
Mr. Fahrenheit
nie wieder online
gekommen.

SHE LIKES GAY BOYS
BUT NOT ME

SHE LIKES GAY BOYS
BUT NOT ME

# Kapitel 4

Mr. Fahrenheit ist nicht mehr online gekommen.
Mr.
Offline
Mr. Fahrenheit
Vermutlich ist ihm gerade einfach nicht nach Reden.
Ich kann nur abwarten.
Genauer gesagt...
... weiß ich auch gar nicht, was ich außer Warten tun könnte.

!
Mit Sae war es nach der Sache verständlicherweise auch nicht mehr so wie vorher.
WUPP
...
Können wir das nicht endlich klären?
Sonst wuchert dieses beklemmende Gefühl noch wie Krebszellen...
... bis keiner von uns mehr weiß, wie man richtig damit umgehen soll.

Aber weder Sae noch ich...
... haben versucht, selbst etwas an der Situation zu ändern.
DINGDONG
DINGDONG
11c
So, alle Stifte weg.
Gebt die Aufgabenblätter bitte nach vorne durch.

Geschafft!
HAAH
Ich will die Note gar nicht erst sehen...
Ach, eigentlich...
... ist mir das Ergebnis egal...
Und, wie lief's?
Boah ey, beschissen!
Wollen wir danach noch wohin?
Ich hab Lust auf Pancakes!
Super Idee!
Aah!
Warte.
!

Ist was?
Ma...
Mathe ist echt gut gelaufen, also wollte ich mich bedanken.
Danke für deine Hilfe.
Das ist nicht mein Verdienst. Das hast du allein geschafft.
Zum Dank möchte ich dich einladen.
Hast du Lust?
Sozusagen zum Vorglühen fürs Doppeldate morgen!

*Morgen...*
*... ist das Doppeldate...*
Wegen des Dates...
Wie wäre es mit dem Onsen in Odaiba?
Entschuldige.
Ich hab heute schon was vor.
Oh... okay...
Schade.
...
Dann bis morgen.
Der Treffpunkt hat sich ja nicht geändert, oder?
GNN
Jun...

Ich...
... freu mich wirklich drauf!
TAPP
Ich hab nichts vor.
Das war eine Lüge.
Aber ich will grad einfach nicht mit ihr allein sein...

SCHWUPP
Juuunkun!
Endlich!
GRAPSCH
Wie lief's bei dir?
Wa... Ryohei!
Hehe!
Pfoten weg!
Ich lass dich nicht gehen!
Will aber niiicht!
HNNN
HNN
*Was ist der heute so hartnäckig?!*

Ist mir egal, ob du willst oder nicht – lass mich los!
Will niiicht!
GRABBEL
Oh, Fuck, das fühlt sich gut an...
Mein Sensor reagiert!
GRABBEL
GRABBEL
GRABBEL
Bei Sae hat er null reagiert...
... und jetzt...
Lass ...
KCHR
... ver-dammt noch mal los!
WOMM

Autsch!
Hh!
Das musste ja passieren!
...
Lass es doch endlich sein!
Wieso? Ist doch nichts passiert!
Egal jetzt! Jun, hast du kurz Zeit?
Nein.
Okay, du lügst.
Kein Zweifel!
Lass uns in die Mensa!
Ich habe wirklich keine...
Gut, dann...

... tut's doch auch die Treppe da drüben.
Dauert auch nicht lang.
...
Du musst schon mitkommen, sonst dau-ert's noch länger.
Oh Mann...
Raus damit...
... ja?

Ihr habt zu zweit, ganz allein bei dir zu Hause gelernt, richtig?
Habt ihr's getan?
Oh...
Warum nicht?
...
*Weil ich keinen hochgekriegt habe...*
Oh! Warst du etwa so ne
**Ryohei!**

Jetzt lass ihn doch!
Das geht dich überhaupt nichts an!
Yu-suke...
Die Probleme, die die beiden miteinander haben, müssen sie schön selbst klären!
Wir haben uns da nicht einzumischen!
Hh...
Was bist du denn so gemein?!
Ich bin nicht gemein!
Du und Mai seid bloß nicht ganz dicht im Kopf!
STIER

Wenn du so unentschlossen bist...
... solltest du dich einfach von ihr trennen!
Was für einen Sinn hat das denn bitte, mit einem Mädchen zusammen zu sein, das man gar nicht liebt?
...
Yusuke!
Schonungslose Worte und voll ins Schwarze getroffen.
Hmpf!

Der Einzige, der im Unrecht ist...
... bin ich selbst...

Also dann...
... ich geh schon mal, der Klub ruft.
Seit er mit seiner Freundin in der Kiste war, dreht der voll ab.
Glaubt der, er ist jetzt was Besseres?
Nur weil er jetzt vögeln kann, führt er sich auf wie ein anderer Mensch.
Es hat ihm Selbstvertrauen gegeben.
Daran ist grundsätzlich nichts Schlechtes.
Meinst du?

Jeder normale Mensch hat im Laufe seines Lebens Sex.
Die einen früher, die anderen später.
Das ist nun wirklich nichts Besonderes!
Ah...
Aber direkt vor deinen Augen steht einer, der es nicht geschafft hat, diese wirklich nicht besondere Sache durchzuziehen.
Bin ich etwa kein normaler Mensch?
Willst du das damit sagen?

Je früher, desto besser. Findest du nicht?
Wo willst du hin?
Sorry.
Ich muss jetzt echt weiter.
Okay... Die Frage vorhin war unange-bracht. Tut mir leid.
Yusuke hat recht, ich sollte mich da nicht ein-mischen.
Ich find das gar nicht so schlimm.
Ich bin eher der Typ, der um alles, was mir stressig erscheint, einen großen Bogen macht.
Daher beneide ich dich, wie du von Natur aus über-all deine Nase reinsteckst.
Mach's gut.
Hh...

Junkun!
Hör endlich auf, alles mit dir allein ausmachen zu wollen!
Ich weiß schon, was ich tue.
Ich will mit Mr. Fahrenheit reden.
Ich kenn zwar weder seinen Namen noch weiß ich, wie er aussieht...
... aber ich brauch jetzt den Rat eines Freundes, der mich besser kennt als jeder andere.
Gruppe oder Nachrichten
Anrufe
Kontakte
Benachrichtigungen
Aber er ist immer noch offline.
Mr.
Offline
Mr. Fahrenheit

御台場温泉
* Onsen Odaiba
Da sind wir wieder!
Woooow!
Nice! Ihr seht klasse aus!
Hab also die richtige Wahl getroffen!
Nicht wahr?
Absolut! Siehst richtig süß aus!
...
Wie findest du es...
... Jun?
Wie finde ich was?

Na ja, den Yukata...
Und meine Frisur ist auch anders als sonst.
Was gefällt dir besser?
»Find beides okay.«
»Ich seh kaum 'nen Unterschied.«
Als ihr Freund kann ich so was nicht bringen.
Ich find beides süß.

Oho!
Ganz der Charmeur, was?
Haha...
Das war wohl ein Volltref-fer.
Es tut mir zwar in der Seele weh, euch beide zu trennen...
... aber wollen wir erst einmal ins Bad?
Klar.
Kommst du, Sae?
Sae...?
Du bist heute echt...
... abartig drauf!

* Orte, an denen Cruising, das aktive Suchen nach Partnern für schnellen Sex, betrieben wird. Häufig sind das z. B. Parkplätze.

Hätte mich auch gewundert.
Aber seit ich das weiß, checke ich immer ab, wo die Leute ihren Schlüssel tragen, wenn ich ins Badehaus gehe...
Von denen gibt's echt viele!
Stimmt.
Theorien besagen, dass jeder zehnte Mensch homosexuell ist.
Daher ist es auch nicht verwunderlich, welche im Badehaus anzutreffen.
Bin ja selbst einer.
Aber interessanterweise läuft keiner mit 'nem Ständer rum.
Würde ich ins Frauenbad gehen, hätte ich 'ne Dauerlatte...
Wie machen die das?
Keine Ahnung.
Ich hab ja auch keine Erektion...
... aber eine schlüssige Erklärung hab ich dafür nicht.
Schon merkwürdig.
Nicht wahr?

Aber mit Schwuchteln will ich echt nicht im selben Becken sitzen!
Nicht dass ich noch Aids kriege! Was 'n Abfuck.
...
Ich geh schon mal vor!
Man infiziert sich nicht mit Aids, sondern mit dem HIV-Virus.
Das Virus ist nur schwer übertragbar. Es kommt zu keiner Infektion, nur weil man mit einem HIV-positiven Menschen im selben Wasserbecken sitzt!
Wenn es so wäre, hätten wir eine weltweite HIV-Pandemie.
Würde der auch nur ein bisschen nachdenken, würde er selbst draufkommen...
... oder ist der dumm?
Tief durchatmen...
Hayato kann nichts dafür.
Ich bin selbst schuld.

PLITSCH
Was für ein Zufall.
!
PLÄTSCHER
Ah!

Makoto!
Was führt dich hierher?
...
Ich hab ein Date.
Mit dem Mädchen, von dem ich dir erzählt habe.
Das, mit dem ich zusammen bin...

Und wieso seid ihr gerade hier?
Ich war neugierig.
Tut mir leid.
Na, mir soll's recht sein.
Ich freu mich, dir unerwartet über den Weg gelaufen zu sein.
Bist du schon länger hier?
RUBB
RUBB
Nein.
Gerade erst gekommen.
SS
Das heißt, ihr bleibt noch eine Weile?
Und wenn ich Glück hab...
... krieg ich deine Freundin zu sehen?
Hh!
SCHLICK
SCHLICK
Hah...
Haah ...

DLITSCH
!
Ach so...
Das muss sein Sohn sein.

Jun!
Ich war grad in der Sauna und da waren zwei!
Zwei was...?
Na! Zwei Homos!

Einer hat es gewagt, sich neben mich zu setzen!
Boah, hatte voll Muffe, dass der mich angrapscht!
Aha?
Echt jetzt! Die haben alle diesen voll schrägen Blick!
Die würde ich auch erkennen, wenn sie ihren Schlüssel am Handgelenk tragen!
Einen Scheiß würdest du.

* Delikatessen Yataimura

Sag mal, spinnst du?! Wie kannst du einem Minderjährigen Alkohol andrehen?
Ich bereite ihn nur aufs Erwachsensein vor! Ey, das tat weh!
Schieb's dir sonst wo hin!
Na, sieh mal einer an.
Dein Wunsch ist soeben in Erfüllung gegangen.
Deine Freundin im Yukata, frisch aus dem Bad.
...
Stimmt... da ist sie.
Sag bloß, du schämst dich?!
Nein...
Sie ist viel süßer, als ich es mir vorgestellt habe...
Du lügst!
So denkst du doch gar nicht über mich!
Tu ich doch! Ich finde dich wirklich süß!
Wer's glaubt! Ich spüre keinen Funken Wahrheit darin!

* Bezeichnung für den aktiven Sexualpartner (»top«) in BL-Geschichten, oft einhergehend mit heteronormativen Stereotypen

KNIPS
Oh ja!
Das ist perfekt!
KNIPS
KNIPS
So?
... und bring dein Gesicht näher an seinen Hals...
Leg deine Hand auf seine Brust...
Zeig uns seine Haut...
Wie komm ich bloß aus der Nummer raus?
Er wird bereits hart...

Und jetzt berühr ihn an der Leiste!
Du hast sie doch nicht mehr alle!
Ich leg eine Portion Ramen obendrauf!
Na, wenn das so ist...
Hh!
Ich bin geliefert!
Das reicht jetzt!
DOSCH
!
...
SST
Entschuldigt mich.
Ich geh kurz auf die Toilette.

SSRT
Haaah ...
Alles klar bei dir?
Es tut mir leid.
Die Mädels wollen sich auch entschuldigen.
Schon gut... ich hab überreagiert.
Find ich nicht.
Jeder echte Kerl kriegt doch das Kotzen, wenn ihn ein anderer angrabbelt.
So betrachtet sind echte Homos schon 'ne Nummer.
Männer stinken und ihre Körper sind hart. Was finden die nur an ihnen?
*Gute Frage.*
*Ich kapier's ja selbst nicht.*

Wie kommt es, dass du gerade mit Nao zusammen bist?
Sie steht voll auf Homos, aber du kannst sie nicht ausstehen.
So würde ich das jetzt nicht sagen. Ich hab nichts gegen Schwule.
Ja, klar.
Menschen verachten uns nicht, weil sie Lust daran haben uns zu diskriminieren...
... sondern aus Gewohnheit.
Jeder Mensch hat seine eigenen Vorlieben und Abneigungen. Niemand wird deine zu hundert Prozent teilen.
Aber am Ende kommt es nur darauf an...
... dass es mehr Gemeinsamkeiten als Unstimmigkeiten gibt.
...

Du bist doch auch mit ihr zusammen, obwohl ihr nicht hundertprozentig übereinstimmt.
Die Gemeinsamkeiten und Unstimmigkeiten von Sae und mir...?
Die Unstimmigkeiten...
Ich bin schwul...
...und Sae...
...ist ein Mädchen.
Die Gemeinsamkeiten...
Gibt es überhaupt welche...?
...
Du hast recht.

* Leckeres Yakisoba - gebratene Nudeln in spezieller Yakisoba-Soße.

Magst du so Budenspiele, wie sie auf Festen üblich sind?
Zumindest nicht so sehr wie Ryohei. Der hat mich immer mitgeschleift.
Was beste Freunde halt so machen.
Rückblickend kommt es mir eher vor, als wäre ich sein Babysitter gewesen.
Der Kerl ist manchmal so hohl...
Junkun, hilf mir und fütter mich!
So was bringt der immer wieder...
Darf ich das Nao nachher erzählen?
Tu, was du nicht lassen kannst...
Ich hab dich das zwar schon einmal gefragt, aber...
Wieso steht ihr beiden eigentlich so aufs Schwulsein?
Hmm...
Weiß ich auch nicht...

Braucht es denn immer einen Grund, um etwas zu mögen?
Ich weiß nicht, warum ich auf »bestimmte Dinge« stehe, ich tu es einfach.
Und dann verliebt man sich einfach!
Genauso wie ich mich einfach in dich verliebt habe.
Danke...

Hör mal...
Mach dir wegen der Sache neulich keine Gedanken.
Für mich ist das längst erledigt.
Ich mach mir aber Gedanken.
An dem Tag spürte ich nicht den Hauch einer Erregung.
Damit war bewiesen, dass ich so nicht weitermachen kann.
Ich bin keine Fledermaus.
Ich kann diese Show nicht durchziehen.
Sae hat sich in mich verliebt.
Bevor ich sie so sehr verletze, dass es nicht wiedergutzumachen ist...
... muss ich dieses Theater beenden und den Vorhang fallen lassen.

Sae, ich muss...
VRRR
VRRR
VRRR
Oh, entschuldige mich kurz.
Dein Timing ist echt beschissen, Makoto!
Gmail
Mr. Fahrenheit
Sehr gut, dann werde ich dir die Details zukommen lassen, wenn es so weit ist.
Wa...

Als wir das letzte Mal geschrieben haben, war er nur HIV-positiv.
In nicht einmal zwei Wochen soll Aids bei ihm ausgebrochen sein...
... und ihn sein Leben gekostet haben?
Nie-mals!
Da ist was faul!
Das kann nicht sein!
Das muss ein Irrtum sein!
Ganz sicher.
TAPP
Gmail

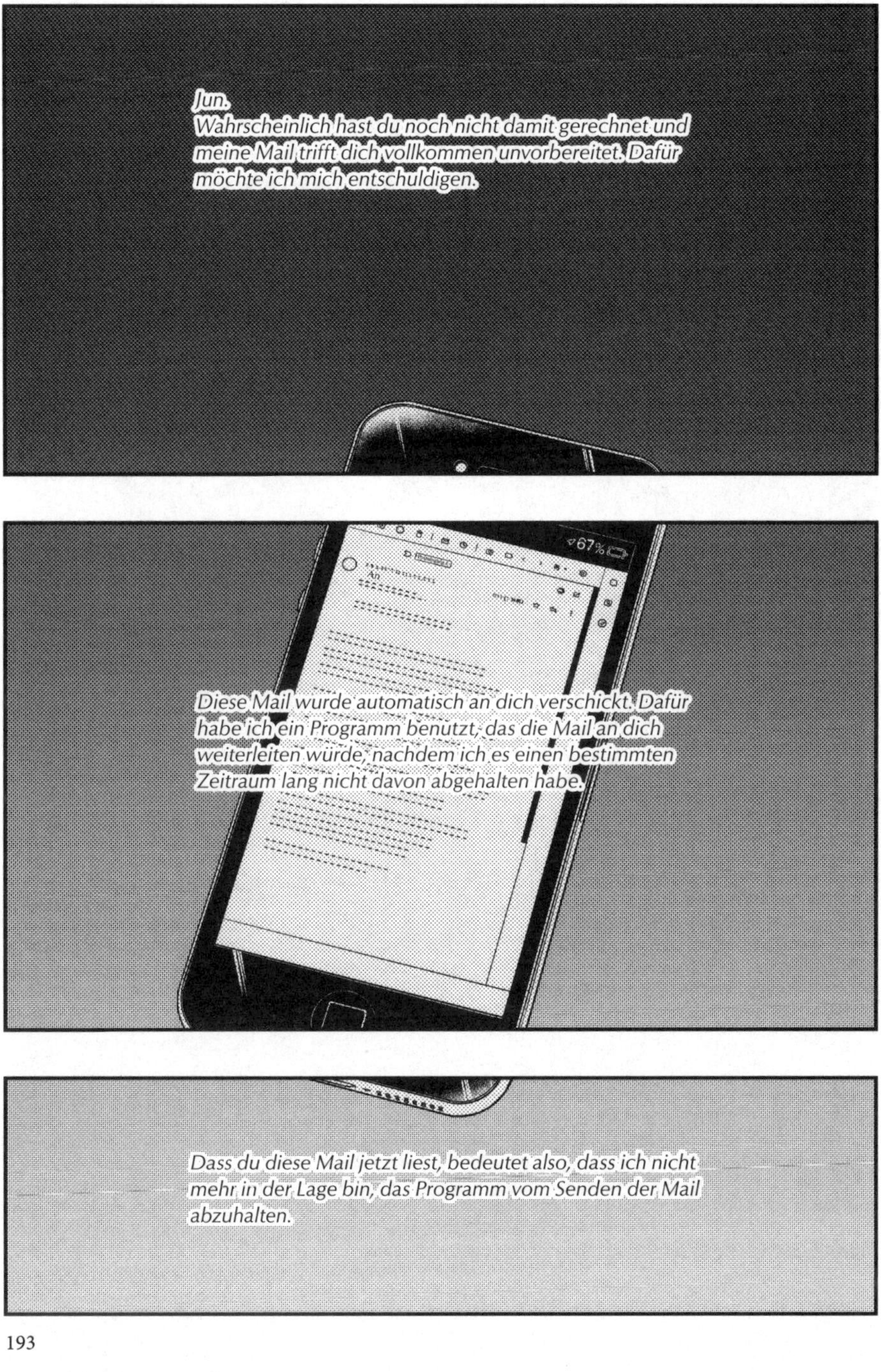
Jun.
Wahrscheinlich hast du noch nicht damit gerechnet und meine Mail trifft dich vollkommen unvorbereitet. Dafür möchte ich mich entschuldigen.
67%
Diese Mail wurde automatisch an dich verschickt. Dafür habe ich ein Programm benutzt, das die Mail an dich weiterleiten würde, nachdem ich es einen bestimmten Zeitraum lang nicht davon abgehalten habe.
Dass du diese Mail jetzt liest, bedeutet also, dass ich nicht mehr in der Lage bin, das Programm vom Senden der Mail abzuhalten.

*Das hier ist mein Testament...*

*... denn ich habe mir das Leben genommen.*

Fortsetzung folgt...

OCTO

# VOICE RUSH!!

**HÜBSCHE JUNGS MIT MARKANTEN STIMMEN...**

Toshiro gilt überall als ruppiger Rowdy, das liegt vor allem an seiner direkten Art und seiner markanten Stimme. Dabei hat er eigentlich ein gutes Herz. Um seiner Schwester ein Kunststudium ermöglichen zu können, arbeitet er neben der Schule hart. Als sein Freund Yuta ihn zu einem Synchronsprecher-Casting mitnimmt und er erfährt, dass es bei einem Award als bester »Voice Actor« zehn Millionen Yen Preisgeld gibt, ist Toshiros Ziel klar: Er will der beste Synchronsprecher Japans werden!

vorläufiges Cover



BAND 1 MIT EDLER POSTKARTE – nur in der Erstauflage!

Slice of Life • ab 14 Jahren
Großtaschenbuch • sw
ca. 192 Seiten • 12,5 x 18 cm

HAYABUSA
www.hayabusa-manga.de

hayabusa_manga

DAISUKE HIYAMA

# PETER GRILL
## AND THE PHILOSOPHER‘S TIME

### DIE »CREME DE LA CREME« DES HAREM-GENRES

Um seine große Liebe zu beeindrucken, nimmt Peter Grill am wichtigsten Kampfturnier des Landes teil… und gewinnt! Doch der damit verbundene Ruhm rückt den frisch gekrönten »stärksten Kämpfer der Welt« in den Fokus der gesamten Damenwelt. Peter steht von nun an zwischen den Fronten: Auf der einen Seite wartet seine Verlobte Luvelia, die immer noch annimmt, Babys würden von Störchen gebracht, auf der anderen Seite machen sich unzählige Monstermädchen auf den Weg, alle mit derselben Hoffnung – durch Peter besonders starken Nachwuchs zu bekommen.

Die MANGA-VORLAGE zum gleichnamigen ANIME!

Comedy • ab 16 Jahren
Großtaschenbuch • sw
176 Seiten • 12,5 x 18 cm

HAYABUSA
www.hayabusa-manga.de

hayabusa_manga HayabusaTweets

SHAROH HANTEN

# TEACH ME HOW TO KILL YOU

**SERIENKILLER WILL GELERNT SEIN!**

Rikos Eltern wurden ermordet, und sie hat geschworen, den Killer zu töten. Als sie herausfindet, dass ihr Lehrer ein Serienkiller ist (der andere Serienkiller tötet), lässt sie sich von ihm »ausbilden«. Doch bis Riko ihre langersehnte Rache bekommt, gilt es eine ganze Menge ausgebuffter Serienmörder aus dem Weg zu räumen, und dafür muss die zierliche Riko tief in eine bizarre Welt voller Gewalt eintauchen. Eine Welt, in der das ungleiche Killer-Pärchen eine sensible und überaus komplexe Beziehung zueinander aufbaut.

vorläufiges Cover

BAND 1 MIT EDLER POSTKARTE – nur in der Erstauflage!

Thriller • ab 16 Jahren
Großtaschenbuch • sw/vierfarbig
ca. 226 Seiten • 12,5 x 18 cm



HAYABUSA
www.hayabusa-manga.de

hayabusa_manga

# SHE LIKES GAY BOYS
## BUT NOT ME

ist eine japanische Serie, die originalgetreu von »hinten« nach »vorne« und von rechts nach links gelesen wird! Schlagt das Buch also »hinten« auf und blättert Seite für Seite nach »vorne« weiter! Auch die Bilder und Sprechblasen werden von rechts oben nach links unten gelesen, wie es in der Grafik gezeigt wird! Hayabusa wünscht gute Unterhaltung!

HAYABUSA
Carlsen Verlag GmbH · Hamburg 2021
Aus dem Japanischen von Carina Dallmeier
KANOJO GA SUKI NA MONO HA HOMO DEATTE BOKU DE HA NAI volume 1

First published in Japan in 2019 by KADOKAWA CORPORATION, Tokyo.
German translation rights arranged with KADOKAWA CORPORATION, Tokyo. through TOHAN CORPORATION, Tokyo.
Redaktion: Germann Bergmann
Herstellung: Maria Niemann

ISBN: 978-3-551-62121-4

FOLLOW THE FALCON
www.hayabusa-manga.de
hayabusa_manga
HayabusaTweets

**Unser Versprechen für mehr Nachhaltigkeit**
- Klimaneutrales Produkt
- Papiere aus nachhaltigen und kontrollierten Quellen
- Hergestellt in Deutschland